生如夏花

SHENGRU XIAHUA

周洪成◎著

中国工人出版社

我一生行善，每念及此，终觉欣慰之至，此生无憾。

——王娅

序言

点燃心灵之火

北上的高铁风驰电掣般地疾驶在京沪线上，车上有三位大学生模样的乘客，他们在济南登车前往天津，满怀期待地去看望一位素未谋面却胜似父母的“亲人”。这位“亲人”正是王娅，她身患胰腺癌，正在顽强地与病魔作斗争，同学们得知后心急如焚，恨不得插上翅膀马上飞到王娅的身边，守候在病榻前悉心照料她，给她精神上的慰藉。

高铁行至天津站，三名青年学子急匆匆地步出车站，换乘672路公交车直奔中北大道大地十二城站，来到王娅居住的华亭丽园小区9号楼，当他们轻轻地叩开102房门，异常消瘦的王娅微笑着欢迎大家的到来，同学们的热泪顿时夺眶而出，漫过一张张青春的脸庞，他们跟王娅紧紧拥抱在了一起。尽管已是寒风刺骨的隆冬时节，室内却是温暖如春，涌动着一股股爱的暖流。

同学们一一朗诵自己献给眼前这位好心人的文章，接着唱起了嘹亮、动人的歌曲《爱的奉献》，优美的旋律在小小的客厅里萦绕开来。

这是心的呼唤
这是爱的奉献
这是人间的春风
这是生命的源泉

再没有心的沙漠
再没有爱的荒原
死神也望而却步
幸福之花处处开遍

啊，只要人人都献出一点爱
世界将变成美好的人间……

淡淡的笑意，在王娅布满皱纹的清瘦面庞上化开。她正在家里用自制的输液架输液，侧耳倾听孩子们清脆的朗读声，望着一张张朝阳般灿烂的青春笑脸，一串幸福的泪水夺眶而出。癌细胞早已转移到她的胸部，可这位一辈子心中蓄满大爱的人，在面对每个孩子时，依然是优雅、热情的。

几个月后，她平静地走了，什么都没留下，就连最后饱受病痛折磨的身体也被她捐献了，那是 2019 年 2 月 16 日。

一个半月后，4 月 3 日，在王娅去世后的第 46 天，“向王娅致敬”纪念会在天津隆重举行。受助学生张宁宁闻讯奔来。再次见到这位在“人生最要紧时拉了自己一把”的王娅妈妈时，她已定格在追思会上的遗像里。宁宁久久凝望着相框里那张慈祥的笑脸，这位来自大山的淳朴西北娃再也忍不住内心巨大的悲伤，号啕大哭起来，悲怆的哭声强烈地撞击着在场每一个人的心扉。宁宁踉跄着朝前奔跑几步，面对电子大屏幕上王娅慈祥的笑容，“扑通”一声跪倒在地，一边喊着“王妈妈……”一边匍匐向前，奔涌的泪水滴落在地面上，泪水、鼻涕糊满面颊，她全然不顾，在场的人们无不为之动容，气氛悲切凝重。宁宁几度哽咽地追忆着自己心底里最怀念的人：“她这一生最大的心愿就是希望我们这些寒门学子能有学上，靠知识改变命运，学有所成，回馈家乡，报效国家。当我们热爱这个世界时，才能真正活在这个世界上。她是万千国人中普普通通的一个，可是她播撒人间大爱，成为众多贫困学子的慈爱母亲，她是我们的好妈妈 。”

王娅捐出了自己一生的财富慷慨助学，她身后唯一留下的就是一摞摞大红色的捐赠证书，还有受助学子们写给她的一封封书信。有一封来自济南的信件，那是专程来天津看望她的小程写给她的。王娅把信放在枕边读了好多遍，每当胰腺癌所带来的疼痛让她浑身打颤时，她就咬紧牙关阅读这封书信，似乎只有这样才可以分散自己对于病痛的注意力。信的内容是这样的：

王娅阿姨：

春蚕到死丝方尽，蜡炬成灰泪始干。我开始明白这是三十年的隐身守候。落红不是无情物，化作春泥更护花。我懂得了这是最后的坚持。安得广厦千万间，大庇天下寒士俱欢颜。这更是您心系天下寒门学子的千千结。您虽普通平凡，是大千世界中的一片叶，可您在疼痛缠身时依旧让我们看到了生命的炙热和可贵！

2016 年，兴华青少年助学基金会注入了一股新的血液。您曾对基金会这样说："我是个工薪族，没有大笔的钱，现在是个老年人了，你们若愿意接纳我，我很愿意持续捐助下去。"看到这句话时，简单的温暖、朴素的心愿像冬日的暖阳，又像一弯甘甜的清泉，浸润着我的心。您加入兴华青少年助学基金会，是用爱心成就的一段善缘，我们本来以为您可以陪伴我们很久，可是造化弄人，2018年3月，您查出了胰腺癌。面对生命的倒计时，您选择了另一种退场——把自己燃尽也是另一种别致的幸福。2018年12月15日，我和在山东上大学的许志和、杨小凤同学去天津看望您，当时我们是怀着一种难言的心情出发的。16日早上，我们来到了您家，敲开门后我吃惊了，您不是我在照片里看到的样子，在我面前的您显得更加憔悴。病痛真的没有给您喘息的机会，您的头发脱落得很厉害，稀疏又花白，唇色也十分暗沉，看不到一点血色，消瘦的脸庞只能衬得出一双眼睛。我们抱住您，您在我耳边说道："孩子，谢谢你，我的好孩子。"这一刻，原谅我懦弱的泪水，我本想为您带去坚持的力量，可是我却哭了，是感动吧，是震撼吧，是心疼吧。我转身偷偷抹去眼泪，回头却看见您在微笑，您笑着让我们坐下一起拉拉家常。在我们的谈话中，您最放心不下的还是我们的学习和生活，您一遍遍地询问着我们的情况："孩子们，你们在大学里还习惯吗？学习怎么样，生活都还适应吧？"我们一一向您汇报，我们一切都好，我们已经长大了，让您不要太担心，您笑着点点头。

我还记得您在说起一个孩子家里困难得连一个鸡蛋都吃不起的时候哽咽了，落泪了！坐在您身边会不自觉地被您的大爱所感染和震撼，在忍受着病痛折磨的时候却还在为偏远山区的孩子而牵挂落泪，这是一种怎样的情怀啊！在感动之余我又是羞愧的，我觉得自己想得太少，做得有限。阿姨，谢谢您给我上了一节如此生动的课，让我又一次看到了生命的真谛！

我当时留意了您的生活条件，您自制的那个输液架让我忘不了。您很节俭，连一个输液架都不舍得为自己买，坚持着自己心中的物尽其用。我还记得您总是重复着那句："你们不要把我想的那么特殊，我真的只是一个普通的人罢了。"是啊，您只是把节俭当成了一种习惯，长年累月地坚持着。您只是习惯地做着自己，在忙碌的生活中坚持阅读，在书中寻找人类共同的情感。您只是把尊重和关爱别人看作为紧跟身后的人久开一会儿门而已，把热爱国家、保护环境，从一个塑料袋重复使用以及垃圾分类做起。这些难吗？这些特别吗？这些足以构成新闻吗？您把简单的生活过成了一首诗，一首用爱谱成的曲子，如此静谧动人。阿姨，谢谢您教会了我认真做人，用心做事！

阿姨，您喜欢绿色，喜欢花草，喜欢旅行。您说要去旅行的话尽量别带相机，用心去看，找个地方静下来好好享受，也算不辜负那片景了！是啊，不管做什么事都带着一颗真心就够了。您说别被世界的诱惑迷失了自我，适合自己的才是最好的！您说的话简单又清澈，像活在世界之外，可又真真实实地在这繁华中前行！您面对生命的拷问，泰然处之并以热情和微笑作为回应，让我们真切地感受到，无论是乌云密布还是阳光普照，一颗心要有温度地去跳！

天津之行，恰如一场春雨，让我的心在沙漠里开出一朵花来。今后，每每想起都是力量！王娅阿姨，谢谢您给的领悟，我必且行且珍惜！

小　程

阅读孩子们寄来的一封封信，是王娅生命最后的时光中最愿意做的一件事，那一封封信犹如一滴滴清泉，滋润着她日渐枯竭的病体。她是那么用心地读着信，字里行间闪动着孩子们在教室苦读的身影，于是她欣慰地笑了，眼睛里泛起了幸福的泪花。

目录

第一章

一个“中国好人”的生命公式

人性的善和恶自古以来就是哲学家、思想家立论的关键词，在纷繁复杂的社会中，人类的发展和人性的进步该是利己还是利他，对于这个问题，也许王娅已经用她所谓简单的方式向世人做出了正面的回答。

一个普普通通的中国产业工人——王娅，她用自己的生命之火点亮人间大爱，她精神之烛的点点星火燎遍整个神州大地，让这世界温暖如春。

她最美，人美、心美、品质更美。

她最简单，吃得简单、活得简单、追求更简单，简单到倾其所有追求唯一的人生目标：捐资助学。

她堪称神州大地上第一位"裸捐"助学者，她捐出毕生所有的积蓄，三十年如一日坚持捐资助学。

她工资收入低微，用牙缝里省出的饭钱捐助。

她患胰腺癌毅然放弃治疗，把自己救命的医药费节省下来捐助。

她默默付出，于 2016 年 11 月，在天津市红十字会办理了遗体捐献登记手续。

她在生命的最后一刻捐出名下唯一的房产，将一生仅有的立身之居捐了出去。

她在弥留之际留下遗嘱，将丧葬费 7 万余元全部节省出来，在人生终点捐助十多名贫困学子。她还完成了一笔 20 万元的债权捐赠用来资助贫困学生。她用67年的短暂生命践行了一句话："人生最美好的，就是在你停止生命时，也还能以你所创造的一切，为人们服务。"

她散尽万贯家财，分文未留，最后捐献遗体，把自己捐了个干干净净。她赤条条地来到这个世界，又赤条条地"裸捐"而去，燃尽了自己，却照亮了寒门学子的求学之路。她的事迹得到各级领导和社会各界高度评价，引起强烈反响。中央政治局委员、天津市委书记李鸿忠批示，做好王娅事迹宣传，传递正能量，照亮更多人的心灵；国务委员王勇评价王娅事迹感人至深，生动反映了新时代央企员工的精神风貌，要求注意总结宣传，积极弘扬社会主义核心价值观和央企正能量；国家电网公司党组书记、董事长寇伟批示，在国网系统开展学习宣传王娅事迹活动；中央各大媒体相继报道王娅爱心捐助事迹，新闻点击量达4.6亿次，获点赞近9000万次，在全社会形成了缅怀王娅、学习王娅的热潮。2019年2月26日，中央文明办发布2019年1月"中国好人"榜，王娅荣登榜首，被全社会誉为"人人可学、可亲可敬的平民英雄"。2019年4月1日，国家电网有限公司党组做出开展向王娅学习活动的决定。

▲青年时期的王娅

记者沿着王娅生前的人生足迹，追寻她崇高精神的滴滴源泉。她是国网天津市电力公司的一名普通女工，16岁时曾到内蒙古五原县插队9年，后来在河北省保定市一个偏僻的乡村当民办教师，农村寒门学子对知识的渴求，在王娅内心播下了助学的种子，后来她当上了一名电力职工，用辛勤工作挣来的血汗钱播撒爱心，直到生命终点从未间断：汶川地震、救助

▲王娅（第二排右一）在保定供电局中专一班的毕业留念照

大熊猫、南方水灾，她各捐款2000元；西南旱灾、甘肃舟曲地质灾害、青海玉树地震，她又拿出4800元……中国教育发展基金会、共青团中央希望工程、天津市慈善基金会、兴华青少年助学基金会，也都留下了她持续不断的爱心捐赠足迹。其实，这30多年到底捐了多少钱，王娅自己也不知道。

王娅的生命制高点定格在“助学”这一闪光的人生坐标上，“助学”真正让她用“平凡人之善”永远烛照人间。

当王娅看到兴华青少年助学基金会的助学行动准则时，眼前一亮，于是，她“发明”出属于自己的生命公式，坚持钱到、人到、心到的助学理念。钱到是前面的1，人到是1乘以10，心到是在其后面又乘

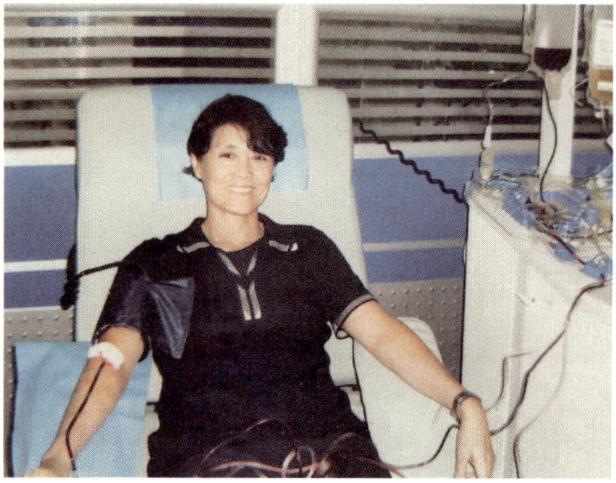
▲ 2006 年王娅献血照片

以 10，她相信，这样做爱心助学金就能远远超出金钱的作用。即使她身患癌症，身体异常羸弱，还是毅然决然地拖着病重的身体，走进寒门学子的家庭，一次又一次在贫穷山寨点亮希望之光。

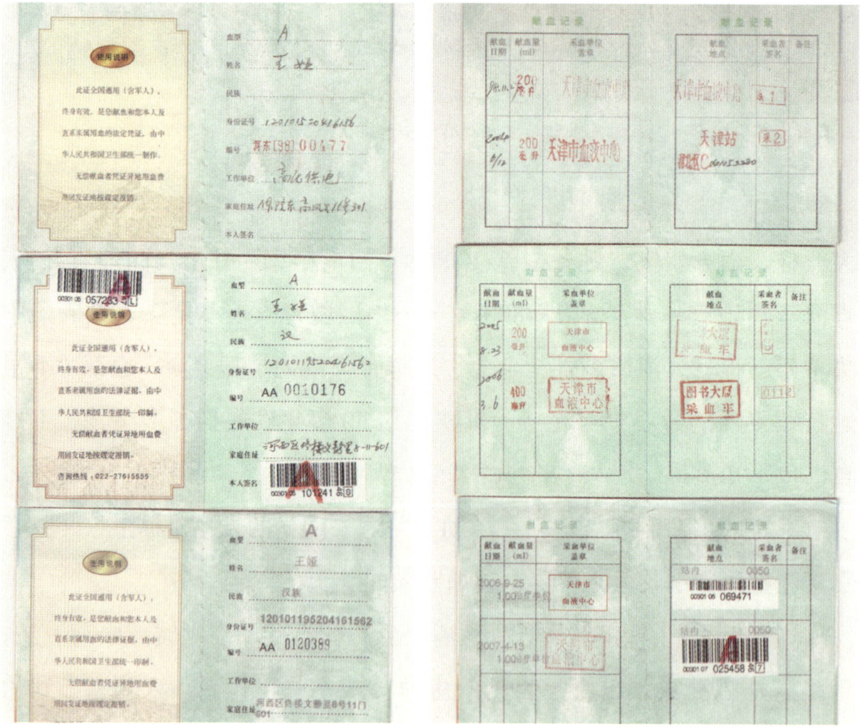
▲部分无偿献血证书

王娅是国网天津市电力公司一位普通退休女工，从事慈善事业30年。她一辈子都在做善事，能做多少就竭尽全力去做多少。她每年都坚持献血，少则200毫升，多则400毫升，在她仅存的几件遗物中，无偿献血证书占了多数。她是平凡的人，却做着不平凡的事，尽自己最大的力量善待周遭，默默无闻地帮助需要帮助的人，活出了中国人最温暖的样子。她给了我们太多感动，也带给我们对当下有关人性等社会问题的思考和启示。

王娅和兴华青少年助学基金会结缘始于清华大学老教授赵家和的感人事迹。大约三年前，《光明日报》在头版头条的位置刊登了“炭火教授”赵家和捐资助学的故事，赵家和在生命即将终了的时候，将一生的1500万元积蓄捐赠给西部寒门学子，将遗体捐给协和医院做医学研究。

▲王娅与兴华青少年助学基金会理事长陈章武教授合影

▲王娅（左四）、陈章武（左三）和记者及兴华青少年助学基金会志愿者、受助学生合影

王娅通过电子邮件开始同兴华青少年助学基金会理事长陈章武教授联系，当她得知基金会把爱心人士的每一分钱都送到寒门学子手中，对基金会有了初步信任，一次捐出6000元，帮助一名寒门学子完成高中阶段的学业。她在邮件中告诉陈教授，她虽然是一名退休老人，但也希望做一个对社会有用的人，想到在大西北有一个孩子因为有她的帮助能够继续学业，真是一件让人快乐的事。她因帮助他人而快乐，陈教授也对她有了初步认识。

2017年2月，陈教授邀请王娅参加中央电视台《朗读者》栏目赵家和故事的拍摄，推荐她出镜，但她拒绝了。拍摄当天，王娅也来到了录制现场，见到了赵家和教授的老伴和女儿，听了他们的故事，她觉得自己做得还太少，幸亏没有答应出镜。由此，陈教授对王娅又有了进一步

▶ 2017 年，王娅（第一排右一）参加兴华青少年助学基金会组织的大学生资助对象评审会

的了解和尊敬。

2017 年 8 月，陈教授又一次向王娅发出邀请，请她参加大学阶段兴华青少年助学基金候选人的评审工作，她问陈教授，自己有资格吗？陈教授告诉她，基金会就是想请一位普通的退休女工来参与评定工作，到底什么样的学生最需要、最值得资助。借此，王娅也深切地了解了兴华青少年助学基金会是如何确定资助对象的，同时也对基金会有了更深的认识。

但不幸的是，在 2018 年的春天，病魔开始侵蚀王娅健康的肌体，她清醒地知道剩下的时间不多了，进而加快了献爱心的步伐。6 月 22 日，一大早，兴华青少年助学基金会的白瑞刚秘书长发现基金会账户收到一笔 30000 元的助学捐款，一看捐款人姓名是王娅，他内心顿时百感交集！白秘书长立即拨通了王娅的电话，想把她捐的钱退还给她。白秘

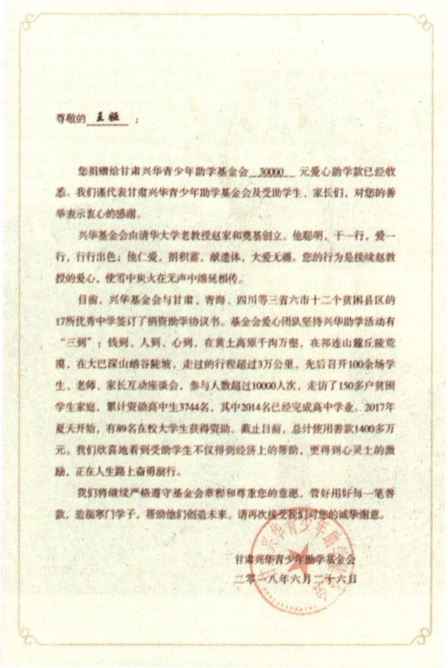

尊敬的 王娅 ：

您捐赠给甘肃兴华青少年助学基金会 30000 元爱心助学款已经收悉。我们谨代表甘肃兴华青少年助学基金会及受助学生、家长们，对您的善举表示衷心的感谢。

兴华基金会由清华大学老教授赵家和宽基创立。他聪明，干一行，爱一行，行行出色；他仁爱，捐积蓄，献遗体，大爱无疆。您的行为是接续赵教授的爱心，使雪中炭火在无声中绵延相传。

目前，兴华基金会与甘肃、青海、四川等三省六市十二个贫困县区的17所优秀中学签订了捐资助学协议书。基金会爱心团队坚持兴华助学活动有“三到”：钱到、人到、心到，在黄土高原千沟万壑，在祁连山麓丘陵荒漠，在大巴深山峭谷陡坡，走过的行程超过3万公里，先后召开100余场学生、老师、家长互动座谈会，参与人数超过10000人次，走访了150多户贫困学生家庭，累计资助高中生3744名，其中2014名已经完成高中学业。2017年夏天开始，有89名在校大学生获得资助。截止目前，总计使用善款1400多万元。我们欣喜地看到受助学生不仅得到经济上的帮助，更得到心灵上的激励，正在人生路上奋勇前行。

我们将继续严格遵守基金会章程和尊重您的意愿，管好用好每一笔善款，造福寒门学子，帮助他们创造未来。请再次接受我们对您的诚挚谢意。

甘肃兴华青少年助学基金会

二零一八年六月二十六日

捐赠证书

书长说：“这是救命钱，你要多为自己着想，别再捐钱了，治病需要很多钱，抓紧治病。”面对最凶残的癌症，王娅却笑着对白秘书长说：“我已经想清楚了，这病治和不治区别不大，治疗花费很多钱，没有性价比，还不如活得更有质量些。”她还说：“如果身体状况允许，我还要争取 8 月到兰州，参加兴华青少年助学基金会组织的大学生资助对象遴选评审会。”王娅毅然选择了和赵家和教授一样，燃烧自己，为寒门学子点亮希望。8 月，王娅强忍病痛，如约来到兰州，参加了评审会。在评审会上，她始终面带微笑，仔细审阅资料，和与会评审委员们认真讨论问题。会议结束后，她强忍病痛的折磨，去了甘肃榆林县二中进行考察，和学校领导、老师们座谈，讨论贫困学生的资助问题。令人动容的是，最后她还拖着羸弱的身体，走进寒门学子的家庭，与基金会其他同志一

王娅跟随兴华青少年助学基金会赴甘肃学生家中家访

起完成助学对象的摸底调查工作。

迎着漫天风沙，王娅徒步走在家访的山路上。当她跨进一个个寒门学子家的门槛，亲眼目睹他们家徒四壁的窘况，内心受到深深的震撼，她真切感受到这些孩子遇到的贫困超乎常人的想象，他们的求学之路异常艰辛。

王娅走访的第一名学生叫张仁龙，在榆林县二中就读，生母是自己的父亲借钱买来的。在一次公安系统解救拐卖妇女行动中，他的生母被遣送回遥远的家乡，他又被过继给伯父、伯母抚养，谁料一年后，伯母因家中极度贫困离家出走，他只好跟父亲和伯父相依为命。王娅见此情景，不禁潸然泪下，慷慨解囊相助。张仁龙感动得眼中噙满泪花，他提到自己的堂哥前些年考上大学，却远远没有他幸运。那时只能靠亲戚接济一点学费，但仍然无济于事，堂哥只好在假期里靠打扫厕所挣钱交学费，生活紧张时甚至在兰州郊区乡村乞讨，因为在市区乞讨害怕遇到自己的同学、老师。乞讨对于一名大学生来讲最沉重的莫过于被人瞧不起，他遭人辱骂，被人用啤酒瓶子砸过，睡过桥洞，面对别人的侮辱他逐渐变得麻木，唯一的希望就是凑足下学期的学费。城里孩子上大学是拉着两个大皮箱去的，风光极了，而他只能提着两个破旧的塑料袋子去，其中一个袋子装着旧衬衣、旧鞋子，另一个袋子则装着母亲腌制的两瓶咸菜。比起自己的堂哥来，张仁龙已倍感自己的幸运，因为他有生命中的大贵人王娅捐助学费，求学路上再无后顾之忧。

王娅走访的第二名寒门学子是女孩，名叫刘迎春，爸爸年近六旬，妈妈患有精神疾病，家中还有一个弟弟、一个妹妹。刘迎春家门口有一道长长的山坡，她扶着陈章武教授行进在陡峭的山坡上，忽然发现陈教授鞋带开了，便急忙俯下身子帮老人家系好鞋带，此情此景正好被走在其身后的王娅看在眼里，她顿时泪如泉涌。一个人悲天悯人的情怀往往会在一瞬间迸发。一行人乘车在蜿蜒山路上颠簸前行的途中，王娅谈起刚才刘迎春给陈教授系鞋带的情景依然有道不尽的感慨："迎春这个孩子虽然出生在一个极度贫困的家庭，可她是那么懂事，很阳光，很感恩，反观大城市里的孩子，他们拥有优越的生活条件，享受着最为现代化的电子设备，还有家长为他们铺好的坦荡人生之路，比起那些一贫如洗的寒门学子，他们也因此无法体会到被别人救助后的感恩，失去了自我创造梦想的感动，以及人生中刻骨铭心的记忆。小时候经受的艰难困苦，是珍贵的财富。自古雄才多磨难，贫穷而不坠青云之志，才称得上是人生难得的可贵品质。"听到这里，陈教授连连点头，对此表示赞同："是啊，您所言极是，这正是我们坚持扶困助学的动力之源泉！"后来陈教授充满深情地回忆：也许正是因为王娅参加家访活动，走进了贫困学子的家中，受到感染，才促使她毅然决然捐出全部家产助学。

王娅在兰州参加助学活动的过程中，当大家吃工作餐的时候，她总是静静地听大家说话，几乎什么食物都吃不下，喝水也很困难，身体非常虚弱，同行的人都为她担心，也很心疼她，怕她坚持不下来。她说：“为了到兰州有一个好的状态，我提前一个月中断了化疗，恢复体能。”她还和大家一起去了眼科医院，看望了从陇东山区过来准备做眼科手术的学生。当晚，眼科医院免费为山区的 8 名学生做了矫正斜视的手术，她十分赞叹眼科医院关爱山区孩子健康的善举。

助学活动结束，王娅返回天津之前，做出了另一个重大的决定：立即捐献房产。考虑到基金会没有专职工作人员，她怕房产过户时给基金会添麻烦、增加工作量，也担心她的捐赠意愿在身后房产过户时出现意外，无法兑现，便毅然决定，将自己于 2013 年购买的 75.17 平方米的唯一房产，由原先已经签署的身后捐赠改为生前捐赠。王娅回到天津后，在基金会爱心人士杨志明的协助下，开始着手办理房产过户手续。担心的事情还是发生了，在办理过户手续时，他们被房管局的办事人员告知，天津市在房产过户业务中还没有遇到过这样的案例，不知如何办理。当了解到王娅的助学心愿后，房管局的办事人员深受感动，想方设法积极办理了过户手续。王娅房产捐赠的愿望终于实现了，她如释重负，对陈教授说：“我心里最大的心愿了却了，谢谢兴华青少年助学基金会接受了我的捐赠，我现在住的是基金会的房子，值 150 多万元，等我不在了，由基金会卖了变现，用于寒门学子上学。”她说话的语气依然轻松而坚定。2016 年 11 月，王娅在天津市红十字会办理了遗体捐献手续。她把自己的一切献给了西部寒门学子，献给了人类医学健康事业。

王娅从小生长在天津，曾作为知青去了内蒙古，一待就是 9 年半，后来又在保定工作，当过教师，也做过会计，直到 1986 年才回到天津。她是一个在大城市生长，有着良好家庭教育的人，擅长打乒乓球和

▲王娅（第二排右四）到眼科医院看望从陇东山区来做手术的孩子

▶王娅在爱心人士陪伴下办理房屋捐赠手续

游泳。她在内蒙古农村待了近 10 个春秋，30 多岁才回到天津，也是历经人生坎坷，但她没有抱怨过任何人，她以 30 年从事慈善的行动回报社会。她说，每当看到自己的捐赠证书，她就会觉得人生无憾，满怀成就感。

2018 年 11 月的一天晚上，王娅和基金会白瑞刚秘书长聊了很久。白秘书长对她说：“你一次就捐了 30000 元，每月领多少退休金？”王娅微笑着应答：“每月能领到退休金 4100 元，但每月 1000 元就足够用了，所以捐 30000 元是有能力的。”白秘书长被她如此轻松的回答震惊了，谁能想到 30000 元捐款是这样节省出来的。当看到她用梯子和竹竿自制的输液架时，白秘书长追问她有没有人照顾，需要输液怎么办？她说：“我自己扎针，这点小事自己可以处理。”

2018 年 12 月，央视新闻报道了王娅 30 年坚持捐资助学的感人事迹。她的事迹在社会上产生了广泛的影响，感动了中国，来自党和政府、企业、社会上的很多人士都来关心她，政府和医院还为她解决了家

王娅与兴华青少年助学基金会白瑞刚秘书长合影

庭病床。陈章武教授、杨志明老师和在兰州的兴华爱心人士刘志夫妇，在天津、山东上大学的张宁宁、徐瑞、刘媛媛、程金霞等多名受助学子，多次专程看望、照顾王娅，给病痛中的王娅带去了问候。11 月 28 日，中央电视台《面对面》节目、天津电视台等媒体给王娅打电话提出要做专访，都被她拒绝了。后来，当中央电视台新闻栏目的记者、山东电视台等媒体也想采访王娅时，她却说:“我觉得自己做的事情太普通了，谁都可以做到，我该说的都说过了，真的不需要再做什么宣传报道了。”央视记者认真做过采访前的“功课”，对她的事迹了解甚多，不由得动情地对她说:“您说您做的事情很普通，大家都能做到，但比您有钱、比您房子多的人有的是，为什么捐赠房产用于助学的您是天津市第一例？当年上山下乡插队的知青那么多，为什么唯独您坚持了九年半？这是一般人做不到的。”

人性的善和恶自古以来就是哲学家、思想家立论的关键词，在纷繁复杂的社会，人类的发展和人性的进步该是利己还是利他，对于这个问题，也许王娅已经用她所谓简单的方式向世人做出了正面回答。

王娅最后的遗嘱：

我一生行善，已将生前主要财产捐赠，帮助了很多贫困的孩子，而今卧于榻上，每念及此，终觉欣慰之至，此生无憾。我去世后，会有医疗二次报销的钱款、我的单位发放的补贴以及本人未及处理的钱款等，全部捐赠给甘肃兴华青少年助学基金会。

2019 年 2 月 16 日，散尽家财、涓滴未存的王娅走了，根据她的遗愿，她通过天津市红十字会将遗体捐献出来，用自己最后的力量，铺就

▶山东的兴华学子看望王娅

◀陈章武教授看望王娅

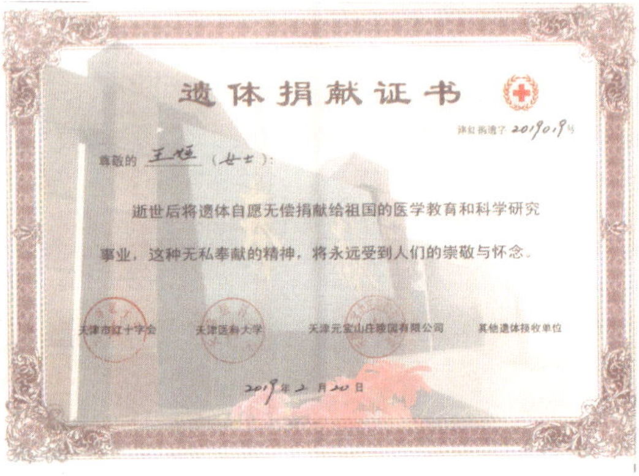
遗体捐献证书
津红捐遗字 2019019号
尊敬的 王娅（女士）：
逝世后将遗体自愿无偿捐献给祖国的医学教育和科学研究事业，这种无私奉献的精神，将永远受到人们的崇敬与怀念。
天津市红十字会
天津医科大学
天津元宝山庄陵园有限公司
其他遗体接收单位
2019年2月20日

▶王娅遗体捐献证书

人类健康和医学进步的阶梯。

王娅是一个普通人，但在很多寒门学子的心中，她又是如此不凡，是无数人眼中象征希望的暖阳。2018 年 12 月 15 日，在山东上大学的程金霞、许志和、杨小凤专程去天津看望了王娅，他们深情地拥抱了王娅，还为王娅朗读了自己写给王娅的信，王娅流着眼泪认真聆听，学生们流着眼泪动情地朗读。临行，孩子们说："阿姨把简单的生活过成了一首诗，一首用爱做背景的曲子，如此静谧又动人。您虽普通平凡，是大千世界中的一片叶，可您在最后坠落的瞬间依旧让我们看到了生命的炙热和可贵！"

陈章武教授总结了王娅动人的爱心事迹带给全社会的启示：

王娅是一名普通的退休女工，就生活在千千万万普通人中间，她用自己的行动诠释了爱心的真谛、慈善的真谛。慈善不是有钱人的专利，不是富豪们酒饱饭足后的施舍，更不是伤天害理的罪人心理的救赎，它就是普通人帮助普通人，相互之间的关爱，核心在于奉献，不去追求回报。这是人间的大爱、真爱。人人可做，人人能做。

做好事关键在坚持，坚持成习惯，习惯成自然。王娅 30 多年如一日，关爱集体，关爱他人，关爱社会，一直不张扬，默默地奉献。做了好事，显得那么的自然，那么的平凡，平凡中又透露出伟大。

王娅的一生也在拷问着我们一个重要的人生哲学命题。什么是人性?

进化生物学的最新证据表明：进化动力意味着在群体中自私的人战胜了利他的人，但这些利他者的群体战胜了利己者群体。

人类从地球生物链的中端进化到生物链的顶端，说明人类天生具有利他主义和公平意识等亲社会的倾向。利他应当是，或者说同样是，人性的光辉。人们都说：最后的死去和最初的诞生一样，都是人生的必然，最后的晚霞和最初的晨曦一样，都是光照人间。王娅最后的晚霞照亮了寒门学子的求学之路，利他的光辉更加灿烂辉煌。

但当今在许多场合出现了扭曲，以利己主义为主导的“理性经济人”大行其道，精致的利己主义者在不少地方盛行，值得我们好好地深思。王娅的故事正是我们提倡社会主义核心价值观的一个极好范例。

可敬可亲的王娅女士，我们永远思念您。

2019 年 2 月 17 日凌晨 2 点，白瑞刚秘书长得知王娅去世的消息，一晚上辗转反侧，难以入眠，王娅和大家在一起助学的时光，一幕幕闪现在眼前。他眼含热泪，敲打键盘，写了一段饱蘸深情的感言：

三年前，因为一个故事
“雪中炭火赵家和”
您找到了“兴华”

结下助力“兴华”的善缘
从此，您带着慈母般的关爱
走进贫苦农家的院落
您用自己炙热的胸怀
抚育滋养着苦读求学的寒门学子
您走进大山，紧握布满老茧的大手
您深入学校，轻轻抚摸孩子的头顶
您不远千里万里
把自己的养老金交到孩子们的手中
用自己瘦弱的身躯将爱心举过头顶
在生命的倒计时
您没有选择躺在病床
而是强忍病痛，来到甘肃
只为聚集自己最后的能量燃尽自己
您用骨头做火把，释放出最强光
为孩子们照亮前行的道路
为人类生命探索铺路搭桥
助学路上，您生如夏花
笑容如此灿烂，歌声如此动听
返回天津的送别
您说，明年还会再来
您舍不得这里的大山
舍不得这里的孩子
一份份报道，一张张图片，一滴滴眼泪……

告诉我，您走了，您离开了我们
您得知遗体捐赠批准后，闭上了眼睛
您期待的眼神已化作最璀璨的星光
送别的路上
爱您的人在哭，而您在鲜花中笑
王娅，您没有走
您捐赠的角膜会让您看清未来的世界
您已化作种子，把大爱播撒在这片热土
您已化为春泥，滋养祖国的未来和花朵
您三十年如一日的平凡付出
即使艰难，却从未放弃
您的坚持，让我们重新思考
什么是成功的人生
在人性利己和利他中如何权衡
谁都会成为这个世界最后的拉幕人
谢幕后久久不能停息的掌声
是对成功者最高尚的奖励
您是兴华人的骄傲，是兴华学子的楷模
我们把爱传递，传递炭火星光
我们把爱守护，守护您的善良
我们一直都在为您鼓掌
激动得无法言语
奋力地拍疼手掌……
王娅，一个用骨头做火把

照亮寒门学子求学之路的老人
您的名字，应当被更多的人铭记
您的事迹，应当被更多的人了解
我相信这份大爱
足以让我们这个社会增一份善良
让我们这个时代多一份爱心！

2017 年，中央电视台推出了一档金牌栏目《朗读者》，在社会上引起了轰动。中国文联主席兼中国作协主席铁凝曾评价这个栏目带给电视观众的是满满的温柔与感动，让广大观众多了一个幸福的身份，那就是文学的阅读者、人类心灵的倾听者。

王娅捐资助学的领路人赵家和教授，走进中央电视台《朗读者》的演播厅，她应邀参加这个节目。在此，王娅有幸第一次深度了解了赵家和，还在现场跟赵教授的老伴、女儿合影，并且见到了她捐助的寒门学子白云，她只是远远地看了几眼，没有和白云交谈，她不愿给受助的孩子平添太多的压力，就连登台接受采访，也被她当场婉言谢绝，当时的理由就是自己做得还不够好，不配登上这么大的舞台向全国人民炫耀。

让我们跟着央视的镜头，深层了解赵家和平凡而又闪光的人生历程，感受王娅当时被触动的时刻，体会那种深沉的大爱。

赵家和（1934—2012），原籍安徽和县。生于清华园，父亲是法学系主任。在那个山河破碎、民族危亡的年代，他幼年就体尝了时局动荡、辗转迁徙的辛酸，又在少年时代目睹了西南联大师生追求进步、奋起抗争的历程。也许从那时起，赵教授就树立了一种对教育特殊而深厚的情感。

1955年，赵家和从清华大学无线电系毕业，拿到了学校第一届“优良毕业生”奖状。这个被同学公认为“绝顶聪明”的人留校后担任本科生教学工作，主持研究的电子材料也是很受关注的热门领域。1977年，学校委派赵家和筹建电化教育中心；1979年，学校又调他到科研处搞管理；1985年，年过半百的他再次转行，筹建改革开放后清华大学第一个文科学院——经济管理学院。他像炭火一样，在每个需要他的地方默默燃烧，恪尽职守。1998年，退休后的赵家和应美国得克萨斯州立大学邀请，担任客座教授。

他身价千万，却把一件一美元的化纤毛衣穿了十几年。他有一儿一女，却把全部积蓄都捐给了素不相识的孩子。他明知时日无多，却在生命的最后时段发起了一场爱心接力。他用毕生积蓄成立的青少年助学基金，资助了一批又一批寒门学子。

朗读者 访谈

董卿：看过我们这个节目的朋友们都知道，我们每期节目的最后都会请来一位特殊的嘉宾。在这个座位上，曾经坐着永远有趣、永远热泪盈眶的大翻译家许渊冲先生；曾经坐着中国航天第一人杨利伟先生；曾经坐着声音的雕刻大师乔榛先生；等等。但是今天我要介绍的这位来宾却不能够再来到现场。他是我们国家的一位金融教育家、清华大学经济管理学院的原副院长赵家和教授。赵教授从2005年开始，就以一个清华退休老教师的名义开始为西部地区的贫困孩子们捐款。2009年，当他得知自己已经是肺癌晚期的时候，更做出了一个让人震惊的决定：他要捐出自己一生的积蓄1500万元。

赵教授生前其实是一个非常俭朴的人。他在退休以后，受到美国一所大学的邀请，返聘为客座教授，虽然薪酬不菲，但是为了省钱，全家人吃得最多的是超市里最便宜的鸡腿。一个月的生活费不超过100美元。在二手市场花几美元买的一件毛衣可以穿十几年。

当他知道自己的病之后，他甚至舍不得买进口的药，舍不得上大医院，但是他捐出毕生积蓄的时候，却没有一丝一毫的犹豫。在生命的最后几个月，他依然在为成立青少年助学基金会而殚精竭虑。2012年的2月，兴华青少年助学基金会终于如愿成立了，也就在那一年的7月，受捐助的甘肃省白云市实验中学的一个班级的高考分数又创了一个奇迹，一本录取率达到历史的又一个高点。又一批贫困学生的命运被改变。但是，也就是在那个月，赵家和教授离世。没有进行任何的告别仪式，他捐出了自己的遗体。

我想，虽然今天赵家和教授已经无法来到我们的现场，我们依然应该用掌声向这样一位充满信仰、充满仁爱的老人表达我们的敬意。

今天，我请来的是两位和赵教授有着很密切关系的特殊的嘉宾。一位是赵教授生前的同事，清华大学经济管理学院的原党委书记陈章武教授，还有一位是赵家和教授的学生刘迅。

之所以说他们二位和赵教授有着比较特殊的关系，是因为赵教授在生命最后的那段时间，把青少年助学基金的事托付给了陈教授，希望在他离开这个世界以后，这个善举依然能够继续，能够让更多的学生得到帮助。而刘迅则是青少年助学基金会的现任理事。陈教授，您跟赵教授共事多年，您觉得他是一个什么样的人？

陈章武：我想可以用两个词形容他。第一是聪明。很多人都觉得清华大学的人都很聪明，但赵老师可能又是这些聪明人中间最聪明的人之一。

董卿：为什么这么说？

陈章武：他在清华服从组织分配，曾经几次改行。本来学的是无线电，后来又搞计算机，最后又服从组织安排，到了清华大学经济管理学院。他是干一行爱一行，爱一行成一行，每一行都做得非常出色。

董卿：第二个词呢？

陈章武：仁爱。他几乎把他的所有都献出来了，最后遗体也交给医学研究。

董卿：刘迅是哪一年成为赵教授的学生的？

刘迅：我是 1986 年考进经管学院的，所以我应该是跟陈老师一起认识的赵老师。

董卿：也有 20 多年了。有的人心里会打一个问号，说一个清华老教授怎么会有这么多的积蓄，刘迅可以跟大家说说。

刘迅：刚才陈老师说赵老师非常聪明，我们真正深切的体会是，他经常会跟我们说一些很有前瞻性的观点。比如 2003 年的时候，我们正在讨论国家宏观调控，很多行业不景气，但赵老师跟我们说，要注意这个产业未来生产价值的能力和能量，那个时候真是警醒了我们。后来，慢慢熟悉之后，赵老师说，我在美国教学期间有一点积蓄，你能不能帮我打理一下?

董卿：就是在美国教学那几年有点积蓄，通过你的打理能够让它有些增值。那看来你打理得不错。

刘迅：(笑)赵老师说到助学，我们就觉得一下像开了一个门一样，这是应该做的方向。

董卿：其实对于你们这些学金融、做金融的来说，挣钱不是什么很稀罕的事情。但是可能赵老师怎么样去用这笔钱，给你们上了又一堂课。

刘迅：那个时候我印象很深。赵老师说，我得了癌症。我当时脑子一下就蒙了。把电话放下以后，我赶紧安排去查一下赵老师这个账户怎么样了。一查，钱已经很多了。我那时候心里真的还有些安慰、舒缓，这样的话赵老师治病是完全可以支持的。但马上被老师给否决掉了，他说你不用考虑这些。

董卿：他的意思就是，这些钱他也不会用于自己的治疗。

刘迅：我当时想劝他，但赵老师做出的决定，我们很难去反驳。

董卿：是不是多多少少还是觉得有点意外?

刘迅：很意外，非常意外。后来我才理解了赵老师真正的出发点。他们生长于中国最苦难的时代，是在西南联大的颠沛流离中成长起来的。他们心里的那种希望祖国富强、美好、进步的信仰应该是不容置疑的。

董卿：从未改变。

刘迅：从未改变。

董卿：其实今天赵家和教授的夫人和女儿也来到了我们的现场，赵教授的女儿是特地从美国飞回来的。我在第一次听到这个故事的时候，除了钦佩赵家和先生本人之外，也很钦佩他的家人。你当初听到父亲的这个决定之后是怎么想的？

女儿：他生病之后我回去看他，他已经住在清华大学校医院的病床上了。那个时候他就跟我说，我从来都不相信把钱留给孩子（是一件对的事），因为我供你上了学，你学到了能够自己挣钱的本事，所以你和你哥哥两个人都可以自己挣钱，不需要我的钱。天底下有很多更需要我帮助的人。他说我希望你能够理解。那个时候我真的觉得他很伟大。

董卿：今天我们也特意请来了几位受捐助的同学，这些孩子们也想通过自己的朗读来对赵教授，包括对陈教授，对刘迅，对所有这些善良的人们来表达自己的感谢。我们请孩子们上台吧。

当赵教授的照片出现在大屏幕上的时候，女儿一下子……

女儿：一下子觉得非常想念他。（哭）

董卿：想起了什么？

女儿：想起了很多。其实他在世的时候，自己并没有完全理解他。跟他在美国生活，我记得都会说，怎么爸爸这么抠门儿。但是，现在我看到有这么多贫穷的学生可以受到你的大爱的关怀，我为作为你的女儿感到骄傲！

董卿：我想，孩子们都能感受到您的骄傲，也能体会到，只有努力学习，好好做人，未来成为对社会、对国家有贡献的人，才是回报给赵爷爷的最好礼物。而对于赵家和教授来说，用遗体捐赠者墓碑上的一句话描述他最恰当不过：他燃尽了自己，了无遗憾；而他的精神烛照世界，永不熄灭。

由赵家和教授发起成立的“兴华助学基金”受助学生白云等在节目中共同朗颂诗歌《让我怎样感谢你》，以此敬献给赵教授的在天之灵，以及所有爱心人士，王娅被感动得热泪止不住地顺着脸颊流动，她暗下决心：“学习赵家和教授，争取成为对社会、对祖国有贡献的人。”

让我怎样感谢你
当我走向你的时候
我原想收获一缕春风
你却给了我整个春天

让我怎样感谢你
当我走向你的时候
我原想捧起一簇浪花
你却给了我整个海洋

让我怎样感谢你
当我走向你的时候
我原想撷取一枚红叶
你却给了我整个枫林

让我怎样感谢你
当我走向你的时候
我原想亲吻一朵雪花
你却给了我银色的世界

第二章

天使永在人间

她像一名战士守护阵地一样坚守着自己的初心，燃尽自己，把爱传递给更多的人，让我们看到了“人”这个字一撇一捺相互支撑的力量。

2019 年 3 月下旬的一天，在天津市蓟州区元宝山庄遗体捐献者陵园，受助学子、天津商业大学大二学生张宁宁含泪见证了她最敬爱的王娅阿姨被社会各界人士深情缅怀的场景。

作为兴华青少年助学基金会的受助学生，张宁宁至今还记得 2018 年 12 月在王娅家里接受央视记者采访时的情景，因为记者的镜头一直在捕捉王娅脚部的画面——她穿着一只黑色一只蓝色两只缝补过的旧袜子，这让王娅很不自在。她说："这对我来说很正常，没什么，你们就不要再在这个问题上反复问了。"

"这是我跟王娅阿姨的第三次见面，没想到才两个多月，阿姨就永远离开了我们。"在纪念碑前，张宁宁已泣不成声。当天，跟张宁宁一起来缅怀王娅的还有来自受王娅资助的甘肃灵台一中的学生任希志、冯亚娟、杨倩，兴华青少年助学基金会的工作人员，王娅生前单位国网天津市电力公司的员工代表，包括她的徒弟赵颖，大家一一走到镌刻着"奉献"二字的纪念碑前，为他们心中的天使王娅献上一束洁白的菊花，大家神情肃穆，为她深深地三鞠躬。

天津医科大学老师郭琳胸佩白花，眼含热泪吐露心声："王娅大姐在

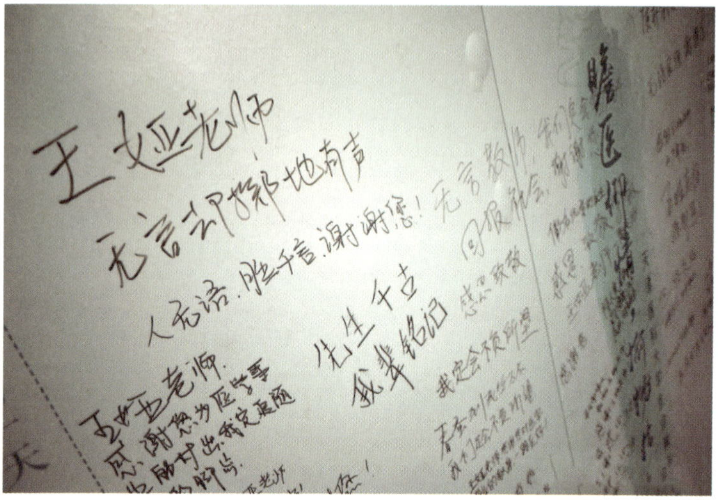

▲ 2019 年 2 月 20 日，天津医科大学师生在签名墙上写下誓词与倡议

▲ 2019 年 2 月 20 日，天津医科大学师生向王娅遗体告别

▲ 2018 年 12 月 18 日央视新闻《这才是真正的“裸捐”》

生命的最后时刻，与死神赛跑的她却跑进了我们每一个人心里，在寒冬带给我们灵魂的涤荡和人性的温暖。作为一个普普通通的人，王娅大姐的无私奉献与淳朴赤诚带给我们极其强烈的震撼。她像一名战士守护阵地一样坚守着自己的初心，燃尽自己，把爱传递给更多的人，让我们看到了‘人’这个字一撇一捺相互支撑的力量。作为曾经的医学生和今天的医科大教师，我们更深深感动于王娅大姐遗体捐献的高尚行为，她以逝者之躯启迪再生之人。我们都知道，现代医学正是建立在解剖学研究的基础之上。在急匆匆的人生岁月中，我们留给世界的不能只是背影，还应该有我们的奉献和信仰。王娅大姐去世后以，人体教师的身份来到医科大学师生中间，她虽然不会再开口说一句话，却成为所有医科大学生开启医学探索的启蒙老师，也让每名学生的医学之路浸润生命的温度和关于人性的思索。让我们带着她留给大家的这种人间的温度，真正理解死亡的意义，懂得珍惜生命的价值。”

这名再普通不过的 67 岁的国网天津市电力公司退休女工王娅“裸

▲王娅（左二）和兴华青少年助学基金会工作人员走访受助学生家庭

捐”的事迹吸引了越来越多的媒体人，大家争相来到王娅生前的工作单位采访，探秘这位天使的一生。有的人死了，她还活着。是的，她还活着。她，一位名叫王娅的“天使”，永远活在人们心中。

早在1989年向希望工程捐献100元后，王娅便开始了自己一生的无偿奉献助学。当她看到共青团中央发起的“希望工程”宣传画上印着的一个大眼睛女孩时，女孩渴求知识的眼神，强烈地拨动了她的心弦。其实，追溯到1985年，她就曾为憨萌可爱的国宝大熊猫，捐出了自己准备买围巾的5元钱。那年盛夏，南方丛林深处大熊猫保护区的大片竹林先是开出白色的花朵，接着一株一株地干枯死去，眼瞅着可怜的大熊猫没有食物可吃，歌手程琳在央视唱响了《熊猫咪咪》的歌曲，悦耳动

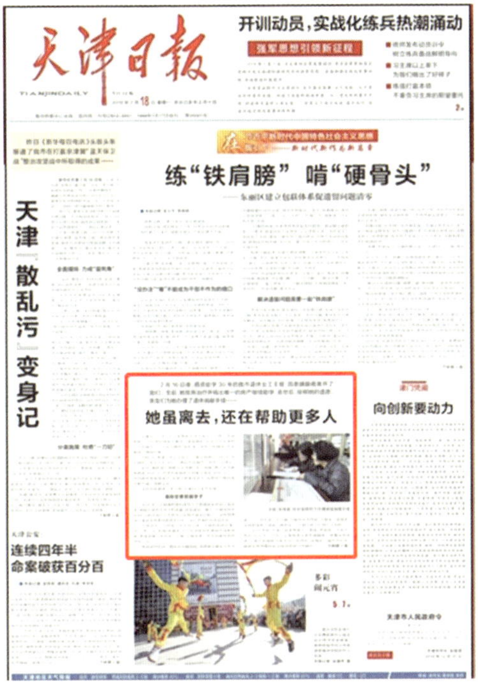

天津日报

开训动员，实战化练兵热潮涌动

强军思想引领新征程

练“铁肩膀” 啃“硬骨头”

天津“散乱污”变身记

她虽离去，还在帮助更多人

向创新要动力

连续四年半命案破获百分百

2 月 18 日《天津日报》第一版《她虽离去，还在帮助更多人》

维纳丝 915
想开了人生也就是这样，空手而来空手而归。人生不在于你活多久，意义在活的过程。
作者 659
愿尝尽烟火的我们，仍有一颗无尘的心，守望生命如初的美丽

投之以陶陶 774
用自己的一生，为寒门学子点燃了远方希望的灯火，用大爱温暖了整个人间！
作者 563
大爱无疆，仁心为怀

玉 708
善良的人，自带光环
作者 555
善良的人，永远都受人尊敬

浩瀚大海 从不喧嚣 658
一个人的价值，应该看他贡献什么，而不应当看他取得什么。
致敬！
作者 513
给予比接受更快乐！

一世逍遥 655
有人一辈子庸庸碌碌毫无贡献，可有的人一生从没白活过，用人生点亮了别人的生活，致可爱的人，永远活在我们心中。
作者 606
有的人死了，她还活着

王娅事迹报道后的评论区留言

听的甜美嗓音，唤醒了人们关爱大熊猫的热情，千千万万国人纷纷为解决大熊猫吃饭问题踊跃捐款。“竹子开花啰喂，咪咪躺在妈妈的怀里数星星，星星呀星星多美丽，明天的早餐在哪里？咪咪呀咪咪请你相信，我们没有忘记你，高高的月儿天上挂，明天的早餐在我心底。请让我来帮助你，就像帮助我们自己。请让我去关心你，就像关心我们自己。这世界会变得更美丽……”王娅从此迈出了公益慈善捐赠的第一步。

在王娅去世前，天津广播电视台广播新闻中心记者来到位于西青区中北镇的王娅家里采访。“那是一个寒冷的冬日早晨，消瘦的王娅蜷缩在沙发一角，双手紧紧捂着肚子。她的脸色有些苍白，瘦削的面庞上颧骨和眼睛都突了出来。”记者回忆道。

由于处于胰腺癌晚期，王娅不能正常进食，只能靠输营养液维持。在家用梯子上绑上一根竹竿，成了向来节俭的王娅自制的输液架。而

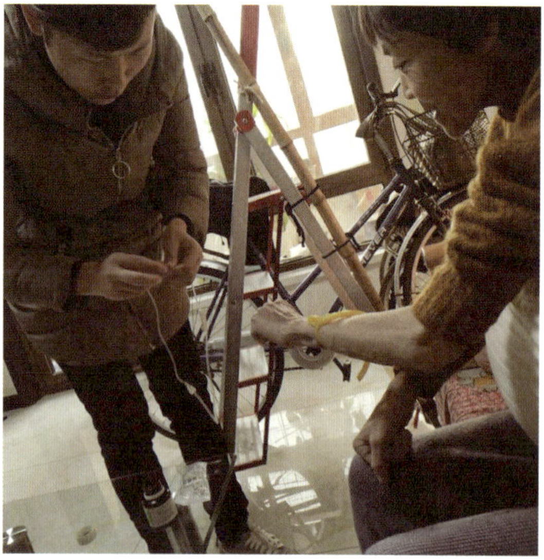

▶王娅在接受治疗

就在不久前，单身的她却慷慨地将这套自己仅有的资产——一室一厅住房，捐赠给兴华青少年助学基金会，用于资助西部贫困学子完成高中学业。“我这一辈子就挣了 30 多万元，但是这套房子如今值 100 多万，可以帮助更多的孩子。”她平静地对记者说。

从 2018 年 3 月查出得病后的半年多时间，经过 4 个疗程化疗，身高 1 米 6 左右的王娅体重骤减到 70 斤左右，头发大量脱落。就在医生为她会诊下个疗程的治疗方案时，她却决定停止化疗，用节省下来的钱帮助更多的贫困学生。

除了散尽家财，王娅还签署了遗体捐赠协议。捐东西，捐房子，还要捐器官，旁人可能难以想象，但对王娅而言，捐赠就是一种热爱生活的方式，一个保持了多年的习惯。2019 年 2 月 18 日，在王娅去世后的第二天，中央电视台和《人民日报》纷纷以《这才是真正的“裸捐”》，

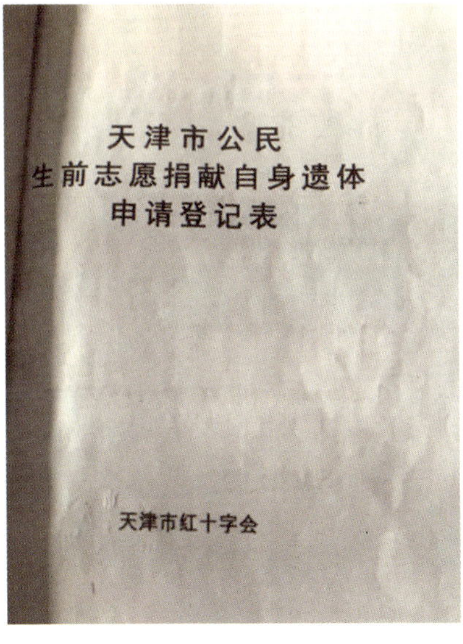
天津市公民
生前志愿捐献自身遗体
申请登记表

天津市红十字会

王娅生前签订的遗体捐献协议

报道了她的事迹，镜头里厚厚的一沓沓捐赠证明，是王娅生前的宝贝。其中最早的一张，就是1989年捐给希望工程的，当时月收入不到200元的她，一下子就捐了100元。此后每个月，她都会从工资中拿出一部分资助经济困难的学生。汶川地震、南方水灾她各捐款200元，甘肃舟曲地质灾害她又拿出4800元……中国教育发展基金会、天津市慈善基金会，30年间，她的爱心捐赠从未间断。

知青、民办教师、普通退休职工……翻看王娅的生平，没有跌宕起伏的经历，更没有什么耀眼的背景光环。在很多人眼中，她很平凡。

她生前也曾说：“我就是个普通人，做的这些事实际上很普通，没有什么……当你看到有人需要帮助的时候，有大的能力就多帮点儿，小的能力就少帮点儿，反正是尽力去帮。”

平凡的话语，震撼着我们的心灵，感动着我们每一个人。《光明日报》记者采访时写道：“她生前没有获得过什么殊荣，但是在很多人看来，她的故事足以感动中国。”

在2019年2月20日举行的王娅遗体告别仪式上，有一位从黄土高

▶王娅遗体告别

坡赶来的满脸风霜的老师，他叫周玉峰，来自甘肃省灵台县第一中学，在这所学校里有 7 位孩子受到过王娅的捐助。“她突然走了，孩子们知道消息后都哭了。我昨天赶到天津就是为了代表孩子们送送他们的王娅阿姨。”

周玉峰告诉记者，他和两位学生本来已经订了火车票，准备在元宵节这一天来天津和王娅一起过，但没想到等来的却是噩耗。学生们原本也执意要赶来送王娅，但当地下了几天的大雪，积雪已经达到了 20 多厘米，山路湿滑，最近的火车站离学校也有 100 多公里。为了孩子们的安全，只能由他代表孩子们前来。

甘肃灵台一中的白云是王娅的捐助对象。2017 年 3 月，在央视《朗读者》节目纪念甘肃兴华青少年助学基金会发起人清华大学赵家和教授的录制现场，甘肃兴华青少年助学基金会理事长陈章武教授第一次见到王娅，那天也是王娅第一次见到她资助的学生白云。

现场没能跟白云说上一句话，王娅就返回了天津，这也成为她此生的遗憾。陈章武回忆说：“那天在拍摄现场，我想请王娅作为爱心人士的代表上台出镜，可她坚决不同意。王娅跟我讲，见到那些孩子她就心满意足了，不要让孩子们有什么负担。”

此次知道王娅去世的消息，白云托周玉峰带来一封信，信里写道：

作为一名受助者闻此噩耗，心情万分沉重，苍天啊，你是多么的不公平！在数月之前，我们知道了您的病情，然而，却无能为力，连一句谢谢都没来得及说，您就离我们长辞而去。本来期待有一日能与您相见，当面说一声“谢谢”，现在却已成了泡影。王娅奶奶，请您放心，我们将化悲痛为力量，好好学习，以优异的成绩慰藉您在天之灵，日后

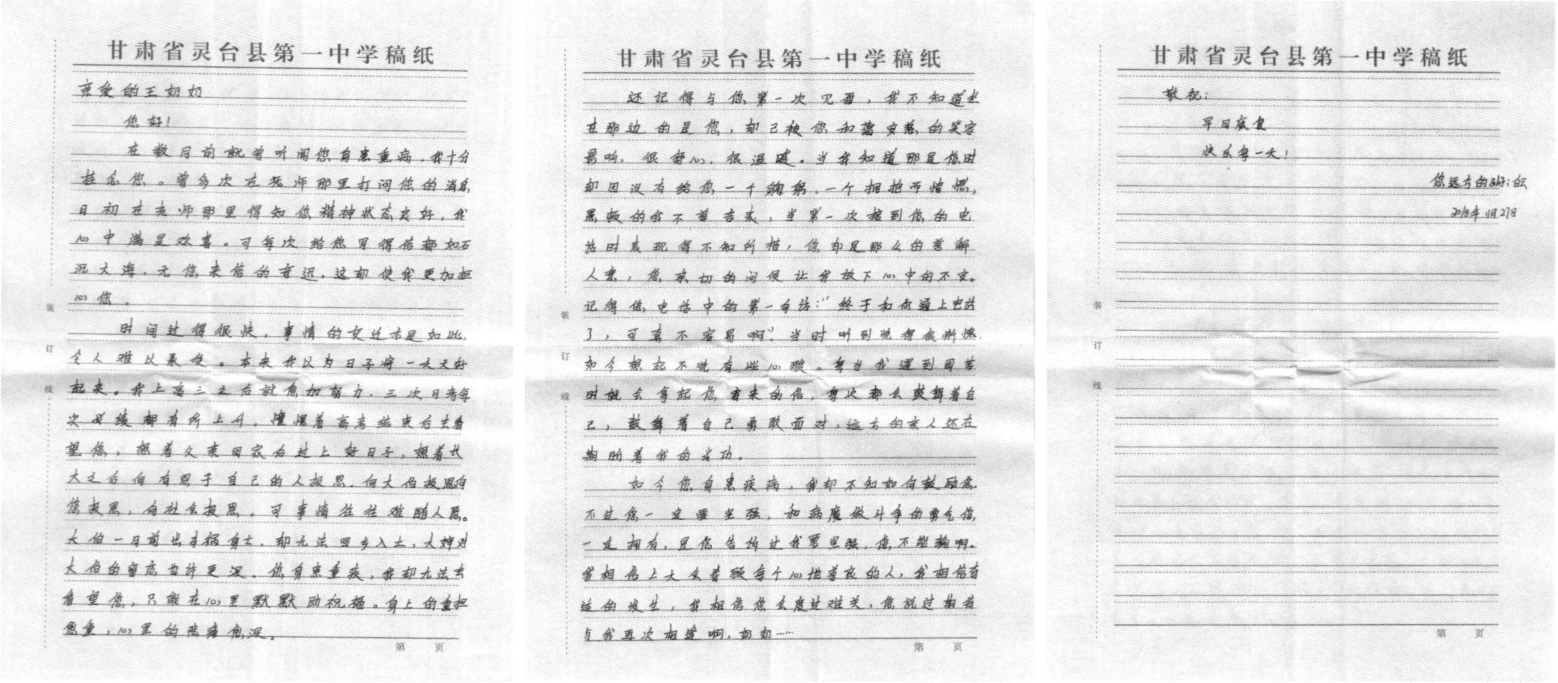

甘肃省灵台县第一中学稿纸

亲爱的王奶奶

您好!

在数月前就曾听闻您身患重病，我十分挂念您。曾多次在张老师那里打问您的消息，日前在张老师那里得知您精神状态良好，我心中满是欢喜。可每次给您写得信都如石沉大海，无您来信的音迅，这却使我更加担心您。

时间过得很快，事情的变迁亦是如此，令人难以承受。本来我以为日子将一天天好起来。我上高三之后就愈加努力，三次月考每次成绩都有所上升。憧憬着高考结束后去看望您，想着父亲回家后过上好日子，想着长大之后向有恩于自己的人报恩，向大伯报恩，向您报恩，向社会报恩。可事情往往难随人愿。大伯一月前出车祸身亡，却无法回乡入土，大娘对大伯的留恋也许更深。您身患重疾，我却无法去看望您，只能在心里默默的祝福。身上的重担愈重，心里的悲痛愈深。

第 页

甘肃省灵台县第一中学稿纸

还记得与您第一次见面，我不知道坐在那边的是您，却已被您和蔼安慈的笑容影响，很舒心，很温暖。当我知道那是您时却因没有给您一个鞠躬，一个拥抱而惜愧，愚钝的我不善言表，当第一次接到您的电话时表现得不知所措，您却是那么的善解人意，您亲切的问候让我放下心中的不安。记得您电话中的第一句话:"终于和你通上电话了，可真不容易啊"当时听到觉得很惭愧，如今想起不觉有些心酸。每当我遇到困苦时就会拿起您寄来的信，每次都会鼓舞着自己，鼓舞着自己勇敢面对，远方的亲人还在期盼着我的成功。

如今您身患疾病，我却不知如何鼓励您，不过您一定要坚强，和病魔做斗争的勇气您一定拥有，是您告诉过我要坚强，您不能输啊。我相信上天会眷顾每个心地善良的人，我相信奇迹会发生，我相信您会度过难关，您说过期待与我再次相见啊，奶奶……

第 页

甘肃省灵台县第一中学稿纸

敬祝:

早日康复

快乐每一天!

您远方的孙女:白云

2018年11月27日

第 页

▲ 2018年11月27日白云写给王娅的信

成为对社会有用的人。我们也会将您大爱的接力棒传递下去，像您一样帮助那些更需要帮助的人。王娅奶奶，您虽然与世长辞，但您无私奉献的善举会一直铭刻在我们心中，会一直鞭策我们这些贫困的孩子实现自己的梦想，走向自己的未来！

在甘肃庆阳市镇原二中就读的何丽琼受到过兴华青少年助学基金会的资助，圆了考上北京大学的梦想。她对《光明日报》记者说："虽然我只和王娅阿姨有过一面之缘，但阿姨的事迹却一直感染着我。王娅阿姨是用生命在做公益，在她的带动下，虽然我还是名学生，但我也在自己有限的能力范围内做一些好事，即便只是十元、二十元……"

摇曳的树枝、被高楼遮挡的楼角、玻璃折射下灰蓝色的天空，不与朋友聊天时，躺在天津中医药研究院附属医院肿瘤科病床上的王娅，喜欢仰头望向窗外。主管医生吕宏程曾经俯下身子，顺着王娅的目光望去，看到的便是这样一幅画面。有一次，好奇的他忍不住问道："王姨，您在看什么？"收回目光的王娅笑着说："我在看太阳，每天能够看到太阳的升起，我就觉得特别温暖。"

看到太阳就会觉得温暖吗？吕宏程有些疑惑。2019 年 2 月 17 日，当手捧鲜花来到"奉献者生命礼赞——王娅缅怀告别仪式"的现场，听到大家讲述着一个个有关王娅和爱的故事时，年轻的他突然明白了：一切的温暖都源于爱。只要心中有爱，这世界就会温暖如春。

"你能想象我师父每个月的伙食费只有 200 元吗？"告别仪式上，王娅的徒弟赵颖哽咽着向站在她身边的记者们说道，"她最喜欢吃的是白水煮菜，因为不用放油，几乎不太吃肉，一个鸡架便是一顿奢侈的饭菜，一个月的伙食费只有 200 元。她说，钱要用到有用的地方。"说这些时，赵颖哭红了眼睛。

1976年，王娅当上了一名电力工人。15年后，前来国网天津市电力检修公司报到的赵颖，成为了王娅的徒弟。在赵颖的眼中，师父是个对工作要求极其严格的人，“她常说，我们做一件事，要么不做，要做就要做好。”一件小事让赵颖看到了师父的另一面。“那年年底，有位同事的家被盗了，年货都丢了。大家商量每人拿出点年货帮帮她。”那天，晚归的赵颖路过值班室时，看见师父王娅正偷偷把整整一箱的年货放进大家准备第二天送给同事的年货筐里。可当她问起这件事时，王娅却一直没有承认。“从那时起，我就认定了我的师父，她就是一个做了好事还不愿说的好人。这样的人，值得相交一生。”

对于天津中医药研究院附属医院肿瘤科主任王海龙来说，王娅绝对可以算得上是位特殊的病人。“当了这么多年的医生，几乎天天都会有病人来找我要单间，王娅却是个例外。”刚住院时，由于床位紧张，王娅住进了一个4人间病房。在肿瘤科，4人间是最挤的病房。在她入院的30多天里，王海龙曾3次找到王娅，想帮她安排单间，但都被谢绝了。王海龙担心王娅是因为费用的问题，还特意宽慰她说：“钱的事不用操心”，当时已经很虚弱的王娅却摆摆手说：“我就想花自己的钱，我的钱有限，不用去单间了。我在这里住得很舒服。”

“王姨，您今天心情真好！”这是肿瘤科的护士们每天跟王娅打招呼的常用语。“从住进来的那天开始，王姨给我们留下的最深印象就是爱笑，无论什么时候，只要看见有人走进她的病房，她会马上露出微笑。”在护士长魏静的眼中，瘦弱的王娅有着一种特殊的力量，她的笑容让人倍感温暖。正是因为这份笑容与温暖，每当路过王娅的病房，魏静和护士们总愿意向里面多看几眼，并喜欢叫她王姨。“我们真的没想到王姨的背后还有那么多感人的故事。”

同样没想到的，还有王娅同屋病友的家属韩大哥。“当时就觉得她是个很乐观的大姐，也是个很会替别人着想的人。在她走了两天后，我在网上看到了她的报道，特别震惊，对她特别佩服。我这人没上过多少学，不会讲话，我就是觉得如果咱们的国家能多点像她这样的人，肯定会越来越好！”

生如夏花之绚烂，死如秋叶般静美。

轻轻地她走了，没带走一片云彩，但留下的却是满天繁星。

在国网天津市电力公司，那些深受感动的同事们正在筹划着组织一系列爱心捐助活动，“王娅是我们国网天津市电力公司人的骄傲，也是我们的榜样。她走了，她未完成的事业，我们来。”

……

万物复苏，春天来了。王娅，你看到了吗？

这世界正因为有你而变得温暖如春！

让我们把时光拉回到2018年12月，听一听一名来自甘肃古浪县贫困小山村的寒门学子对王娅痛彻心扉的追忆：

2018年12月16日，当我听说身患癌症、生命进入倒计时的王娅阿姨散尽家财捐资助我们上学的事迹，便急忙和在山东上大学的程金霞、杨小凤赶赴天津看望王娅阿姨。在王娅阿姨家巧遇陈章武爷爷和杨志明叔叔，我们一起合影留念。

我为王娅阿姨读了我改编的汪国真的诗《让我怎样感谢您》，并紧紧拥抱了她，祈祷她能战胜病魔，尽快康复。“以您之心，助我飞翔，最后的晚霞和最初的晨曦一样，都是光照人间”，这是赵家和爷爷人生的

▲王娅（左二）与陈章武（左三）、杨志明（右三）、受助学生合影

写照。年轻时期的赵爷爷像早晨的朝阳，为了国家的需要奔波在不同的岗位上；步入暮年的赵爷爷本应该去享受安逸的生活，但他却选择了另一种生活，用自己在美国省吃俭用积攒的钱捐资助学，为我们贫困学子送去了温暖，让我们看到了前进的希望。

我叫许志合，来自甘肃省古浪县一个贫困的小山村。家中有6口人，70多岁高龄的奶奶，两个上大学的姐姐，还有我的爸妈。我接受基金会的资助已经四年了，从害羞稚嫩的高中生变成了一个积极乐观的大学生。非常感谢能遇到这么多好人，你们教会了我很多东西，让我有了正确的价值观。记得第一次助学金发放仪式上，满头白发的陈爷爷向我们讲述了赵爷爷默默奉献、捐资助学、为大山深处的孩子送去希望的故事，还告诉我们“一个人无法决定自己的起点在哪里，但他可以决定自己所能达到的高度”。从那之后，每天 6 点钟起床，晚上 12 点半睡觉基本成了我的作息习惯，因为我相信只要自己比别人多学几分钟就有可能赶上那些优秀的人。就这样我的成绩慢慢地上升，最终考入了山东大学。在每次的助学金发放仪式上，陈爷爷和基金会的叔叔阿姨们都会与我们亲切交流，帮我们答疑解惑，告诉我们应该树立怎样的人生观……真的非常感谢大家的帮助，因为有你们，我们前进的道路才不会迷茫；因为有你们，我们前行的脚步才更加坚定。

很幸运的是，在大学阶段，我也得到了兴华青少年助学基金会的资助，从而有机会继续追梦。可正当我怀着兴奋的心情，漫步在大学的校园，适应着大学的生活时，却收到了王娅阿姨身患重病的消息。当了解了王娅阿姨的生活经历后，我深深地被感动了。同时我也感到命运的不公，为什么要对这样一个热心公益、善良有爱的阿姨开这么巨大的玩笑。我很幸运能去探望王娅阿姨，当进入阿姨家中时，映入眼帘的是一个简约整洁的小屋，阿姨给我们讲她年轻时候的故事。她特别喜欢养花，喜欢生机勃勃的景象。她告诉我们自己热爱生活，享受生活，还给我们讲了许多具有启发性的故事，让我们受益良多。离别总是不能避免的，看着阿姨消瘦的面庞，我哽咽得说不出话，心中默默地许愿“我们一定好好学习，让爱心传播到更多人的手中”。

“让我怎么感谢你？当我走向你的时候，我原想收获一缕春风，你却给了我整个春天……”每次读到这首诗时，我就想起了陈爷爷以及基金会的叔叔阿姨们对我们的爱，你们用自己博爱的心灵为我们的梦想插上了飞翔的翅膀！我们也不会辜负叔叔阿姨们的期望，在将来的某一天能为国家的发展贡献一点力量！

“六盘山上高峰，红旗漫卷西风……”一代伟人毛泽东伫立在高山之巅为自己麾下威武之师的胜利高歌咏叹。巍巍六盘山，为中国这个雄鸡状版图增添了奇崛、不屈和昂然，在这座历史名山的南麓，有一所大西北著名的中学——灵台一中，这是王娅生前助学的地方，这所学校也因她而更加声名远播。初春清阔的操场，一名老师饱含深情地在全校师生面前朗诵自己的诗作《怀念爱心人士王娅》，他那高亢嘹亮的男高音在大山深处久久回荡。听吧，那是来自巍巍高山之上对王娅的歌唱。

天津人，退休女工，甘肃兴华青少年助学基金会捐资人
从 1989 年到 2018 年
从捐给希望工程的 100 元
到把自己的居所在生前赠予甘肃兴华青少年助学基金会
再到签署遗体捐赠协议
30 年，她曾有过多少大爱善举谁也说不清
2017 年的 3 月，春寒料峭的京城
《朗读者》的录制现场，我见到了这位清瘦的老人
导演悄悄地告诉我——
她就是王娅，昨晚才从天津来
就是她，资助了您的学生
她说：“不要告诉孩子我是谁，
我远远地看一眼孩子就好”
作为节目组的特邀嘉宾
衣着朴素的王娅
看起来像刚从菜场买菜回来

脸上带着微笑，眼中满含温情
金碧辉煌的录播大厅
看起来和她有点不相称
录制的现场和简短的寒暄
省略了每个人琐碎的人生
那一刻，从主持人到观众
都变得异常纯粹
致敬赵家和教授，感受他的炭火精神
那一刻，每个人都被省略了世俗的名分
心中仅存一台爱心的天秤
大爱和善举是准星，赵教授就是权衡
那一刻，我泪流满面
王娅说，就像在《光明日报》上第一次读到赵教授的事迹一样
我把自己卷入得很深
原来，这世间还有这样的一群人

兴华人
他们轻利重义，他们看淡生死
他们踏遍西部地区的山水，走进贫苦农家的院落
他们放下教授、老总的架子
他们紧握布满老茧的大手
他们抚摸孩子的头顶
他们不远千里万里，一路找寻
一次次，将丰厚的爱心款交到孩子们的手中

我要成为这群人中坚定的一员
而赵教授，多像我的父亲！
匆匆地谋面，又匆匆地分离
没有来得及说更多的话语
在金碧辉煌的录播大厅
我们就如一群朝圣者
围着赵教授的遗照而坐
在心底细数圣贤的景行

再一次听到王娅的名字
这次是她，走上了《光明日报》的头版
此时的她，胰腺癌晚期
放弃了昂贵的医疗
办理了遗产和遗体捐赠手续
她说："我怕来不及
我还在的时候把这些都办好
就会了无孑遗"

古人说："舍身取义"
又说："义尽而仁至"
仁，是亲，是爱，更是一种精神的境界
唯有抛却小我，成就大我的人才能参悟
"老吾老，以及人之老；
幼吾幼，以及人之幼"

唯有永持大爱的人
万物皆是她的子民
人活着的意义，是什么?
王娅不曾有过半句注脚
只是倾其所有，帮助贫困孩子，助其完成学业
王娅女士给予每一个孩子的
是免于奴役的道路
是追求尊严、自由、平等、高贵的可能!
善哉，王娅
伟哉，王娅
斯人已逝
而天使永在人间

第三章

圣火的事业

2019 年 2 月 16 日 22 点 31 分，捐资助学 30 多年，在生命之烛即将燃尽的最后时光，毅然放弃治疗，捐出所有财产和自己遗体的王娅，了无遗憾地走向了人生的终点。

“人性至善，灼灼圣火。”我们伟大的先祖曾把人性的大善大爱唤作“圣火”，圣火给人间添温加热，圣火给人类文明进步带来无限活力、光明和飞跃。王娅和她身边众多捐资助学的爱心人士心中升腾着一簇簇圣火，这些把助学善举当作神圣事业来终生追求的人们，不正是为人间大爱的传承添加着一丝光明的圣火吗?

王娅，用她的骨骼燃起冲天圣火，于是便有了她闪耀光芒的绚烂人生。

这是一封来自大西北、受过王娅资助的寒门学子写给她的信，信的字里行间摇曳着心火。打开这封蓄满火热情愫的信件，一束大爱的光辉闪耀夺目：

仁义在晨雾的拥抱中醒来，给绝望的人带来希望。而我站在通往未来的岔路口，晨曦悄然到来，蓦然回首，我看到被热血滋润的仁义之花在盛开，她在丛中笑，一位慈祥的奶奶在花海中笑得那么灿烂，我一眼就认出，她是我一生一世尊敬的王娅奶奶。

兴华，一个内涵丰富，令人振奋的词语，它将爱的星光撒向西北。

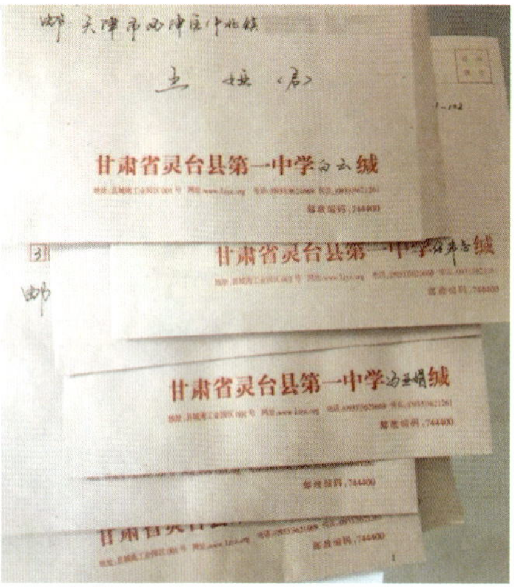

受助学生给王娅寄来的部分信件

兴华青少年助学基金会以雪中送炭为宗旨，厚德载物为理念，承载起无数寒门学子的梦想。我有幸站在兴华星光之下奋进逐梦，我更有幸受到王娅奶奶的捐助，她助学扶智更注重扶志，一种强大到足以砥砺人心的滚烫情怀给了我人生慰藉。

2016 年 9 月，我进入灵台一中，10 月中旬，兴华助学在我校进行资助，在班主任的帮助下，我以并不优异的成绩成为受助者中的一员，当时面对其他优秀学子，我并不自愧，因为我明白，争取到这一份助学金将会给我带来极大帮助。在我出生不久，父亲便因故离开，至今我都未曾与他谋面。母亲也在我七岁时改嫁，辗转几次，我被亲戚收养。万幸的是我进入了灵台一中，也因此得以与兴华“结识”，并接受帮助。可运气并不会永远庇佑我。年迈的爷爷瘫痪在床，治疗费用昂贵。对此我几度有辍学的念头。兴华青少年助学基金会的陈爷爷听说此事，决定对我进行家访，同行时，陈爷爷多次引导我、安慰我：“生活并不是每天都如意，但学习是你改变现状的重要途径，至于学习费用问题，我们会帮助你的。”

兴华助学对我来说不仅是物质上的帮助，还是精神上的不竭动力。2017年3月，我代表灵台一中兴华受助学生参加《朗读者》节目，更深入地了解了这一团队。在这支以圣火之光传递大爱的团队里，我有幸遇到了我的资助人王娅奶奶。我们开始了书信交谈，偶尔也进行电话交流，慈祥的她总是鼓励我、关心我，促我上进。在一个异常寒冷的冬日，当我得知王奶奶重病卧床，心中的悲苦难以诉说，家中亲人相继离去，如今只有母亲与远方的王娅奶奶令我安心，可现在王娅奶奶又重病卧床，亲情何念，而我却无以为报，只能在心里默默祈祷，愿苍天有眼眷顾善良的好人，让王娅奶奶远离病痛，早一天好起来。我恳求到天津看望她，她劝我不要来，告诉我高三阶段开始向高考冲刺，千万不能分心。

高三的学习虽繁忙，竞争激烈，但也难以平静我那不安的心。突然有一天，王娅奶奶因病去世的噩耗传来，我内心极度悲痛。我一路飞奔，跑到了大山的最高处，面对着王娅奶奶遗体所处的东方跪下磕了三个头，大声哭喊：“王娅奶奶，您一路走好，安息吧！”大山传来一阵阵回响。世界以痛吻我，我予世界以微笑。踏上高考的征途，努力考入大学，或许才是我对王娅奶奶最好的回报。她的圣火光辉将会映照着我的一生，我也会不懈努力，壮大自己，传递圣火之光耀，延续王娅奶奶一生的大爱，让爱的圣火在人间永远传递。

有这么一个人，在人生的征途中，奔跑了67个夏冬；有这么一个人，在奉献的大道上，追梦了30多个春秋。

有这么一个普通的名字，因善举而被广泛传颂；有这么一个弱小的身躯，因博爱而被无限放大。

在2019年2月16日22点31分前，她还做了一个梦，梦境是那么虚幻：我是谁？我要去哪？梦境又是那么真实：那里鲜花绽放，歌声悠扬。哦，还有学子们朗朗的读书声！

她笑了，笑得那么开心。

在2019年2月16日22点31分，她绚烂至极，她向死而生，她凤凰涅槃！

生前，她淡泊名利，认识她的人极少，了解她的人不多；死后，她名扬神州，认识她的人不少，敬佩她的人很多。她是王娅，一簇永不熄灭的人间圣火，燃尽自己，为寒门学子送上温暖与光明，她一生就是为温暖光明而来，她的英名终会因大爱善举被镌刻在中华民族的功德柱上。在这里，我们将笔触对准那位致信王娅的寒门学子，他的名字叫白云，是甘肃省灵台一中高三的学生，他对于王娅的奉献人生来讲，意味着很多个“第一”：他是王娅在央视《朗读者》录播大厅第一次见到自己的捐助对象本人；他是第一个收到王娅回信的受助学子，因为她怕给那些孩子增加精神压力，所以从来不轻易给自己捐助的学生回信；他也是第一个幸运地拨通王娅手机的受助人。王娅“扶智更要扶志”的助学理念在白云的身上开花结果。

无名的红花在这一刻悲情地飘落，生命的终止符在这一刻无情地写下：2019年2月16日22点31分，捐资助学30多年，在生命之烛即将燃尽的最后时光，王娅毅然放弃治疗，捐出所有的财产和自己的遗体，了无遗憾地走向了人生的终点。此刻，她似乎还在奔腾的热血奏响了新的和弦，她离去的脚步伴着这和弦又向我们走来。渐渐地、渐渐地，她的音容笑貌再次回到我们的视野、走进我们的心中……

1952 年 4 月 16 日，王娅出生在天津一个幸福的知识分子家庭，父母亲都是高级知识分子，父亲早年以优异的成绩毕业于西南联大外语系，母亲在天津教会学校受到良好的教育，夫妻二人都喜爱文艺，琴瑟和鸣。受家庭环境的熏陶，天资聪颖的王娅自小爱唱爱跳爱读书。历史读物是她的最爱。上小学二年级就会弹奏中外名曲《梁祝》《生命交响曲》，是远近闻名的“小明星”。游泳、乒乓球、做衣服，不输专业人士；唱歌、绘画、织毛衣，有模有样。在她的记忆里，曾因同学借书不还而反目，曾因不被教练推荐参加跳水表演而哭得昏天黑地，也有过因为贪玩，导致作业屡屡出错而被老师狠批。从小学到中学，她都是学校

▲王娅的父母与王娅儿时的合照

▶王娅与母亲的合照

乒乓球队的主力，参加过天津市小学生和中学生的乒乓球比赛，名列前茅；小学期间每天写一张大楷、一张小楷，练得一手好字。有些倔强的她让老师和父母又气又爱。她上初中后迷上绘画，从花果静物到人物肖像都画得有模有样，在内蒙古插队期间，她的绘画技艺派上了用场，村头迎宾墙上的毛主席头像即是她的杰作，她把一代伟人的神采画得惟妙惟肖。

1968 年 7 月至 1976 年 12 月，16 岁的王娅作为 1700 万上山下乡知识青年中的一员，先后来到内蒙古五原县插队落户、河北省新城县任民办教师。在那激情燃烧的岁月里，在一天艰苦的劳动之余，晚上她还坐在土炕上，在一灯如豆下捧着书看，以阅读的方式缓解身体的疲惫。在书籍极度贫乏的年代，为了满足自己如饥似渴的求知欲，一本《赤脚医生手册》不知被她看了多少遍，即使是一册《世界地理图册》也能让她

患病期间，王娅依然喜爱读书

看上一个月。就是这本《世界地理图册》，被她作为对那段时光的纪念珍藏了近 50 年。王娅是全村老少夸奖的热心姑娘，谁家娶儿媳嫁闺女，她都利用春节探亲的机会在天津买布，自己动手裁剪缝纫，做出的新衣又时尚又省钱。农村艰苦的生活环境，繁重的田间劳作，大大地磨炼了她的意志品质。在割麦子、挖沟渠这些男知青都望而却步的农活面前，王娅也是一把好手。她当过生产队的会计，被村里的姐妹们推选为妇女队长，这些都是她拼命大干出来的。她还曾在村小学教书，学校里小小图书室里的书几乎被她看了个遍，遇到喜爱的书，她会一直看到天亮。“现在回想起来我仍然很自豪。那也是一段幸福的时光啊。”王娅在回忆时说道。

王娅把 9 年的青春岁月留在了贫瘠而又广袤的草原、荒凉而又艰苦的农村。初春时节挖排水干渠，让她留下了腰疼的毛病。一人多深的沟渠，是王娅和她的知青伙伴们一锹一锹挖出来的。挥动铁锹，把重重的泥土甩到一人深的沟渠之外，长期重体力劳作，使年纪小小的她腰椎间盘严重受损，腰疼的顽症折磨了她 40 多个春夏秋冬。这段对大多数知青来说不堪回首的岁月，对她而言则是生命里不可忘却的珍贵记忆和人生过往中的一份宝贵财富。她在病榻上对记者回忆起那段知青岁月，竟像孩子似的喜不自禁，她跟 7 名女知青睡在一个大房间，清早，天边微露鱼肚白，其他姐妹还在熟睡之中，她便蹑手蹑脚地起床出门，背上大粪筐到村外大路上给生产队捡马粪。迎着万丈霞光，她唱起“东方红，太阳升”，豪迈极了，每天早晨都捡满一大筐马粪。

如果说任性而又自信、倔强而又乐观的性格，自打少年时代起就融入王娅的性格、血脉中并深深影响了她的一生，不知是幸还是不幸的话，那么此后生活、工作之路上的点点滴滴、风风雨雨，道是平凡，其实是真的不平凡。

1986 年 11 月，王娅先是被分配到天津外贸公司，然后自己报名考试，入职原天津高压供电公司（现国网天津市电力公司检修公司）工作。王娅清醒地认识到未来将是一个靠知识和技术吃饭的时代。电力系统是个知识密集的企业，有不少大中专学生。好学的王娅开始自学，之后又上了中专，系统学习电力课程。电工基础、理论力学和材料力学是她身边的必备读本。

年轻时的王娅特别喜欢听西洋古典音乐、读外国小说、看译制片。对上影译制片厂的乔榛、刘广宁、毕克、邱岳峰、李梓、童自荣等崇拜得无以复加。在 20 世纪八九十年代，广播电台有很多电影剪辑和广播剧节目，王娅听起来会陶醉其中。兴之所至时，她还会乐不可支地向同学、同事、朋友手舞足蹈、绘声绘色地讲述，完全不顾人家不喜欢而昏昏欲睡的模样。她说："我在 80 年代就很欣赏崔永元，对崔永元主持的《实话实说》佩服得五体投地，成了他的粉丝。他对转基因食品发出的质疑声和对演艺界偷税漏税的揭露，让我更成了他坚定的支持者。"

由于业务过硬，在天津电网北郊 500 千伏变电工区 220 千伏站，王娅开始担任 220 千伏站值长。值长是兵头将尾，责任极大。她经常喜欢画出站内各种接线方式的电路图，像是技术培训又像是恶作剧般地考同事。"我就喜欢看她们不爱学习画不上来的样子。"王娅说。之后，她则会把正确的电路图画出来，教大学画图，直到大家画正确为止。王娅小时候临摹字帖的童子功也被她用在了工作中，她用楷书书写上千字的岗位责任书，张贴在墙上，受到公司领导高度评价。由于久坐不动，她累得腰疼病犯了，走路都直不起腰来。其间，正值北郊 500 千伏变电站参加当时的"华北局十佳班组"评比，由于接到通知时距离专家组来站考

▲王娅曾经工作过的地方——北郊变电站

▲年轻时的王娅

评的时间非常紧，从操作票的规范到环境卫生整治等，全站人都在加班加点，大家的情绪有些焦虑。王娅非常积极地投入其中，因为她非常细心，经常在给同事“挑刺儿”，一会儿说这样不行，一会儿说那块得改，弄得全站人员都对她有意见。有时，为了某项工作，她直接就和站长、工区主任公开“顶撞”“掰扯”，大家都说她“横极了”。但当大家看到她干起活来比男的都快、都好，心里也都服了她。在全站人员的共同努力下，最终北郊500千伏变电站通过了“华北局十佳班组”评比验收。

1990年，王娅被借调到当时的天津电力局，参与编写《电力系统运行技术问答》一书。这本技术问答，在电力系统作为变电运行专业培训的基础教材被使用了十几年之久。

1991年，18岁的赵颖从天津电力技校毕业，来到北郊500千伏变电站，成为王娅的徒弟。王娅让赵颖从写线路操作票这一最简单的操作基本功练起，逐步加大难度到填写母线倒停、变压器倒停的操作票。让赵颖感到压力颇大的是，这个王师父一有时间就“追”着她讲，而且经常冷不丁地就考她一两道题，而其他班次的新学员过得则很“轻松”，这让赵颖异常郁闷。当票写错了的时候，一句“不长记性”的话马上就会从师父那扔过来，这让赵颖既感到羞愧又很没面子，甚至有时会无地自容。直到半年后，在众多新学员中，每次调考都取得前三名的好成绩且拿到奖金时，赵颖忽然意识到，我跟这个师父算是跟对了。她开始喜欢上这个不讲情面、“说话也比较狠”，跟她相差20岁的师父。

“小赵啊，你挣的工资都花在什么地方？每月给家里吗？一年能省下多少？”

“工资加上郊区补助连奖金，这一年也就剩几百块钱。”

“花钱没有计划可不行。你看，这是我的记账本。以后你也得学着记。我教你怎么写收入、支出。”

上班一年后，赵颖跟着王娅学会了“计划经济”。

“还有，把剩余的钱跟我学投资，买点儿债券、股票，收益能到18%呢！”

上班一年后，赵颖跟着王娅学会了“市场经济”。

女孩爱干净。站里没有衣架，洗完工作服没法晾。赵颖请男师傅找来铅丝折了几个，歪歪扭扭，比较粗糙。王娅看到眼里，什么话都没说，转天给赵颖拿来了自己用铅丝折的6个不同大小的衣架，还在每个衣架上套上了颜色不同的塑料管，看上去就像弯管机加工做的。“20多年过去了，我还一直在用，特别好使。”赵颖说。慢慢地，王娅打心里头开始喜欢这个朴实、憨厚的徒弟，起初是对她直呼其名，到了后来就叫她“妞”了，小妞长小妞短地叫，叫得赵颖心里暖洋洋的。在天津，“妞”是妈妈对女儿的昵称。

1997 年 4 月到 6 月，在海光寺筹备投运间，王娅被调到这站，她把一次系统图、低压系统图、站用变系统图、最小元件表等很多图纸，铺在桌子上，一点点绘制，有时还需要趴在桌子上画。这些图纸都是她一个人手绘出来的，非常漂亮。站里的人都说，这些活儿只有她能干，别人谁也干不了。

2000 年，检修公司成立集控中心，主要监控市内海光寺和利民道两座重要的 220 千伏变电站。集中监控技术在国内刚兴起不久，如何进行技术管理还是初试阶段。当时，王娅还有一年的时间就要退休了，但她毅然接受新技术带来的挑战，同站里的年轻人一起，学习信息采集、监视控制知识。她与厂家人员共同摸索，经历了一个从无到有，逐步成熟的过程后，创建出一套适用于变电运行的“四遥模式”，并参与、主持编写了《监控中心现场规程》《监控中心管理规定》《监控中心异常失灵预案》《受控各站集控权切换方法》《监控中心（维操队）与调度联系制度》等技术规范、规程制度、管理措施。

王娅的“爱揽活儿”在检修公司是出了名的。

一位同事的老伴儿患有 30 多年的高血压。离这个同事家并不近的王娅听到这个情况后，忍着腰痛多次骑着自行车，来给他们讲解自己多年来研学高血压防治的知识，该吃什么药，该怎样调节饮食，等等。在同事老伴按照王娅教授的防治方法坚持一年后，血压降低了不少。同事说：“我老伴真的非常受用。”

一次，变电站宿舍楼道里突然蹿出一只近一尺长的老鼠，惊得女职工们乱作一团。当时仅有的一名男职工也被吓得不敢上前。“别动，我来！”说时迟，那时快，王娅转身抄起一把铁锹，一路赶着老鼠到了浴室的墙角，只见她扬起锹铲，飞快地往下一挥，“吱”的一声，老鼠一命归西！再看王娅神情自若地走上前去，拎着老鼠的尾巴把它扔到了楼外的垃圾桶中，然后又回来把浴室清洗得干干净净。大家都知道，如果老鼠进了设备区，一旦触电，发生大停电事故就是大概率事件。

20 世纪 90 年代初，变电站站区地面大多还没有硬化，夏季设备区杂草丛生，严重影响安全运行。可站里只有为数不多的打草机，王娅总是把打草机让给其他同事，自己用镰刀砍，打起草来速度比男同事都要快。在烈日下一直弓着腰的王娅，半天下来，被草中的“刺刺弯”割出数不清的划痕，皮肤红肿，奇痒无比。

2001 年，刚工作 5 年的大学生高洪超农历大年三十晚上和王娅一起值班，下班后已经是初一早上了。离市内很远、家住武清区的小高到家后发现屋里进了小偷，所有的贵重物品连同被子褥子、年货全部被洗劫一空。年初三他又和王娅一个班，在闲聊中说起家中被盗的事，王娅立即向工区工会汇报，并揽下了为小高捐款的事，带头捐出 200 元。当高洪超从王娅手里接过 2700 元钱时，感动地说：“你就是我的亲姐啊！”此后王娅又开始给小高带来在家做好的中饭、晚饭。当小高提出多少给些钱时，王娅眼睛一瞪：“你要是提钱就别和我一个班！”就这样，这“闲饭”小高一直吃到了王娅退休。在集控中心，几乎每位同事都穿过王娅给修改过的衣服，裤子、工装，哪里有不合适的，都是王娅主动拿回家改好。

王娅在 220 千伏海光寺变电站集控中心工作期间，有一天，值班室突然响起一阵警报声，显示站内有故障。因为母联自投没有成功造成越级，应该是变压器受总开关掉闸，在计算机监控上的显示也似乎证明了这一点。越级跳闸是变电站较严重的故障，很容易造成上级变电站停电。情况十分危急！

当时站里的反馈是电容器开关掉了，没什么大事。但王娅警觉起来，根据当时的保护信号判断，应该是另有原因。“你们马上去‘一线天’看看，检查一下那的设备情况！”王娅说的“一线天”是站内两座楼因为挨得近在两楼之间形成了类似山水景观中的“一线天”，而“一线天”下就有刀闸设备。当站内运行人员巡查到“一线天”时，果然查出了故障点，经过快速处理，很快恢复了供电。

虽然每天巡视时，大家都会到“一线天”，但谁又会记得这“一线天”里可能存在隐患呢？

王娅对安全的要求异常严格。

作为值长，王娅要求运行人员从设备原理的掌握到操作票的填写，从实际倒闸操作到工作结束的验收都不能有一丝差错。

海光寺变电站投运前，王娅组织大家编写事故预案。当写到设想10千伏—51母线故障失压后如何处理时，她忽然发现两台站用变同时停电将导致全站停电且无法恢复。于是，王娅和运行人员一起查看图纸并到现场核实，发现变电站当初的设计就存在缺陷。变电站两台站用变同时接到了同一条母线上，且设备已按照图纸完成了实际接线，这就为日后的变电站投运埋下了重大隐患。王娅立即向上级领导汇报，通过与设计人员的沟通，最终修改了设计图和实际接线方式，避免了一次变电站投产后主变压器全停恶性事故的发生。

在编写海光寺变电站现场运行规程时，王娅又发现：海光寺10千伏中性点采用小电阻直接接地系统，一旦经旁路母线短路，则零序保护将失去作用，会越级到受总开关，引起主变保护、10 千伏小电阻接地保护动作。这重大缺陷的发现引起了国网天津市电力公司的高度重视。经设计部门和研究人员分析，得出结论：如果出现这种情况可能会因单相接地引发越级跳闸的大面积停电事故，瞬时将减少输入电量 2600 千瓦时 / 分钟到 5000 千瓦时 / 分钟，其经济损失约合 3600 元 / 分钟。由于王娅发现得早，设计部门改正及时，消除了重大设计缺陷，进而避免了变电站全停事故的发生。

在海光寺站建设期间，根据 35 千伏设备采用德国西门子设备的特殊性，王娅大胆提出建议：将相同电压等级、相同型号、相同参数的设备进行整合，把 20 多个单元整合为一个单元，使其技术档案达到完整化、系统化。这一建议得到站长、工区主任的采纳，也为国网天津市电力公司后期投运的利民道、津奥、瑞江南等 220 千伏变电站档案的建立、编写做出了示范。这一做法在国网天津市电力公司系统一直沿用至今。

过去，由于设备装备水平低等各种原因，电力系统各种故障频发，“变电运行”也是高危专业，误操作等几类常见违章行为往往造成设备和人身损害甚至死亡。所以，在老一辈运行人员中有这么一句话：你这辈子怎么叫圆满？等你退休了，“全须全影”（指的是，在电力职业生涯中，一辈子没出过个人责任事故，自己也没有发生人身损害）就是圆满！

仅在临退休的一年时间里，王娅就发现并紧急处理了 220 千伏海光寺变电站 7 件次重大设备危机缺陷。在 26 年的工作时间里，王娅执行操作票 3100 多张，票面合格率达到 97.9%，累计完成“千项操作无差错”766 次，实现个人安全无责任事故整整 26 年，为千家万户送去光明，可谓“功德圆满”。

王娅30多年默默无闻、自甘沉寂地捐资助学，源于她悲悯的人生情怀，源于她大爱无疆的崇高人性。

一次在班上，她撩起衣服给女同事看她穿的秋裤，然后淡淡地说：“你看，这条秋裤是我父亲留下来的，我改了改，还不错吧！”她身上穿的衣物都是她自己做的。有一年，连着一段时间的每天早点，她带的都是自己做的发面糕。那时，在外面磨面是1角钱一斤，但就连这1角钱，她都不舍得花。她在家用手一点点地去摇磨面机把面压碎，等面磨碎了，手也被磨出了4个血泡。菜市场5角钱一斤的圆白菜，她总是一买就一堆，简简单单做了带来吃。为了给自己换一换口味，她变着花样的做圆白菜，有清炒的，有辣椒炝炒的，还有酱炒的。同事们尝后都说味道不错，问她有什么诀窍，她说就是“随心所欲”。她经常向同事介绍“经验”说，下午5点到6点菜市场的菜最便宜。

王娅爱养花，经常买花，但是她买的花都是5角、1元一盆的，从来舍不得买贵一点的花。她最奢侈的爱好就是游泳，当时是5元钱一场，歇班的时候一去就是半天。那年7月份，王娅像是聊天又像是自言自语地说道：“都这阵子了，我还不知道桃子是什么味的呢！”

王娅第一次投身慈善是为救助国宝大熊猫捐款，她去邮局寄去了5元钱，那是1985年。回来后她莫名其妙地高兴了好几天，当时也不知道为什么。后来她发现，每一次捐款以后都会高兴好几天，这才意识到付出原来是件令人愉悦的事。

1989年，国家“希望工程”正式设立，王娅立刻捐出100元，当时她的月工资还不足200元。此后，她的爱心捐赠从未间断：汶川地震、南方水灾各捐2000元，甘肃舟曲地质灾害捐出4800元……中国教育发展基金会、天津市慈善基金会，也都留下了她持续不断的爱心捐赠足迹。王娅性格内敛而坚韧，捐助从未向人提及，就连最亲近的徒弟赵颖，也是在她退休多年后才知道她的善举。

“我当过知青，学历不高，也曾做过一名民办教师。我心里清楚农村学生的状况，也知道孩子们对知识的渴求，知识能改变农村孩子的命运。”王娅在接受采访时曾说。

这段人生经历成为王娅毅然决然捐资助学之路的一个内心冲动，也成为她要圆寒门子弟求学之梦的动机。捐资助学行动更使王娅成为一个追梦的人。王娅聪慧过人，她的直觉敏锐而又准确。王娅看到贫困乡村中女童辍学的比例高得惊人，联合国教科文组织促进女童和妇女教育特别会议发言人披露：“目前世界上有 1 亿 3 千万失学女童，全球 7 亿 5 千万文盲者中，女性占 2/3。”为此，她把捐资助学的重点放在女孩身上，更多时候会在捐资助学要求一栏中，毫不犹豫地填上“女生”二字，她坚信，促进贫困地区女孩接受良好教育是项崇高的事业，值得更多人关注、支持并为之奋斗不息。知识和技能是改变女性命运的强大力量，只有享有平等、优质的教育，女性才能有人生出彩的机会。王娅生前积极支持全国妇联促进女性教育的“春蕾计划”，多次为之捐款。

2016 年，王娅偶然看到清华大学教授赵家和倡导成立的基金会，捐助甘肃贫苦学子的报道，深受感动，立即给基金会发去电子邮件，询问账务公开情况。不久，她收到了基金会理事长陈章武教授的回信。随后，王娅很快将 6000 元助学金打入兴华青少年助学基金会账户。这一的举动让陈章武教授记住了这个普通的国网天津市电力公司退休女工，因为基金会的捐赠者大多数是陈教授熟识的朋友和同事，像王娅这样没见面就直接捐钱的并不多。

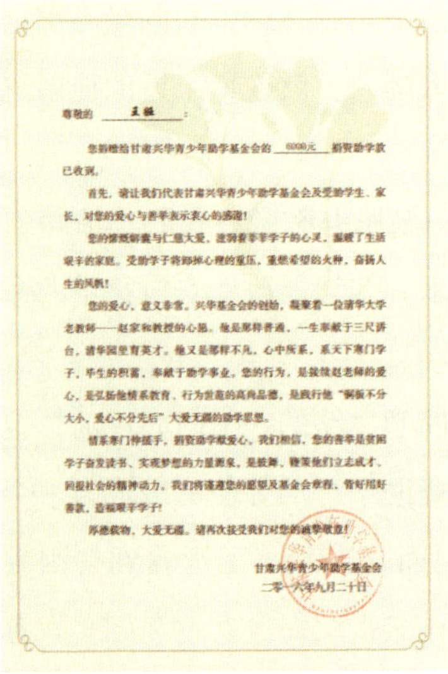
尊敬的 王娅 ：

您捐赠给甘肃兴华青少年助学基金会的 6000元 捐资助学款已收到。

首先，请让我们代表甘肃兴华青少年助学基金会及受助学生、家长，对您的爱心与善举表示衷心的感谢！

您的慷慨解囊与仁慈大爱，滋润着莘莘学子的心灵，温暖了生活艰辛的家庭。受助学子将卸掉心理的重压，重燃希望的火种，鼓扬人生的风帆！

您的爱心，意义非常。兴华基金会的创始，凝聚着一位清华大学老教师——赵家和教授的心血。他是那样普通，一生奉献于三尺讲台，清华园里育英才。他又是那样不凡，心中所系，系天下寒门学子，毕生的积蓄，奉献于助学事业。您的行为，是继续赵老师的爱心，是弘扬他情系教育、行为世范的高尚品德，是践行他“钱不分大小，爱心不分先后”大爱无疆的助学思想。

情系寒门伸援手，捐资助学献爱心。我们相信，您的善举是贫困学子奋发读书、实现梦想的力量源泉，是鼓舞、鞭策他们立志成才、回报社会的精神动力。我们将遵循您的意愿及基金会章程，管好用好善款，造福艰辛学子！

厚德载物，大爱无疆。请再次接受我们对您的诚挚敬意！

甘肃兴华青少年助学基金会

二零一六年九月二十日

◀捐赠证书

2018 年 3 月，王娅觉得胃不舒服，到医院检查，查出罹患胰腺癌。病来如山倒，但王娅并没有放弃，她开始接受化疗。在与病魔抗争中，王娅也做好了最坏的打算，她想：我必须跑赢死神，因为还要追逐捐资助学的梦！她加快了脚步：5 月，她为基金会汇去了准备好的 3 万元捐款；8 月，兴华青少年助学基金会每年一次的评审会即将举行，她作为捐赠者受邀到甘肃受助学子家中进行家访。这时，王娅又做出了一个决定——暂停治疗，趁着还有力气，去甘肃看看她日夜牵挂的孩子们。忍受着剧烈的病痛，她来到了自己魂牵梦绕的甘肃贫困学子家中。“我就是特别想去，见了那些人很高兴、很有意义。对于我来说这也可能是生命中的最后一次了。”王娅说。

与病魔抗争的过程痛苦而漫长。返津后，半年多时间四个疗程化疗，1 米 6 左右的王娅体重骤减到 70 斤左右，头发大量脱落。就在医生

◀ 生病后的王娅

▶ 王娅与受助学生合影

为她会诊下个疗程的治疗方案时，王娅却决定：停止昂贵的化疗治疗，用节省下来的钱帮助更多的贫困学生。

其实在 2018 年 6 月份，王娅在与病魔抗争过程中，就萌生了捐出唯一一套房产，资助更多西部贫困学子的念头。“我这一辈子工资就挣了 30 多万，但是房子值 100 多万，可帮助更多的孩子。”

在弥留之际，王娅听说一个受她资助的学生家里发生变故，当即从治疗费里拿出 2000 元捐赠。她还决定要完成自己未了的心愿——捐出自己的房产。几经努力，王娅将自己这套 70 平方米的住房，生前赠予了兴华青少年助学基金会。同时，她还签署了遗体捐献协议，以无语的“人体教师”身份，奉献给了祖国的医学教育、科学研究事业。早在 2016 年 11 月，王娅就在天津市红十字会办理了遗体捐献登记手续。

一辈子孑然一身的王娅没有子女。

现在每一次捐款已不再那么兴奋，王娅更多体会到的是深深的幸福感。想着那些贫困家庭的孩子能继续学习，改变命运，她觉得自己的生命得到了延续。

倾尽毕生积蓄捐资助学，王娅用生命之火，点亮了寒门学子的求学路，温暖了有 600 多年历史的津城，感动了中国千千万万的人心。

王娅生前捐出了唯一的房产用来助学。兴华青少年助学基金会为她颁发了一本特殊的捐献证书，文字内容如下：“王娅是平凡的。没有著作等身，没有功成名就。她只是亿万中国人中普通的一员。”

但在笔者心中，她，何其伟大。她的伟大蕴含在平凡之中，内心火热，尽自己最大的力量，慷慨解囊，散尽万贯家财，帮助那些最需要帮助的人。

当今社会，不乏大慈善家，也不缺一掷千金的捐赠。在为他们点赞之余，我们更应该为这些平凡人的善举鼓与呼、赞与敬。

“铜板不分大小，爱心没有先后。”无论捐出的数额多少，之所以都值得被铭记，是因为他们都恪守同一条人生准则——做有意义的人和事；更因为这些平凡的善举背后启示所有人争做爱心人士。行好事并不是某些特定群体的责任，而应是整个社会共同的价值追求。

只有让真善美始终成为社会生活的主流和人们心头的追求，成为我们的精神依靠和品行追求，全社会才会形成奋发向上、崇尚向善的浓厚

▲王娅（左一）与被捐助学生合影

▲王娅（左一）与共同工作过的姐妹合影

王娅向兴华青少年助学基金会捐出了自己唯一的房子，用于身后继续资助学生

氛围，非凡的中国精神就能凝聚起强大的中国力量。

尊敬的王娅女士：

您好，您将您唯一的房产捐赠给兴华青少年助学基金会，全部手续现在已经完成，基金会代表所有兴华学子对您的助学善举、诚挚爱心，表示最衷心的感谢！

2016 年夏天，您为基金会寄来第一笔善款，从此您便与基金会的助学活动结下了不解之缘。您是一位普通的电力女工，却做着不平凡的事情。在助学路上，坚持钱到、人到、心到，倾您所有、尽您所能，散尽家财，身后未留分文，您的人生态度是如此崇高而又洒脱，您对人生意义的追寻又是如此执着，让我们感同身受、永难忘怀。

当兴华受助学子知道您的故事后，从心底叫您声“妈妈”，以您为骄傲。您的善举与大爱，滋养、温暖了他们，成为他们在人生路上披荆斩棘、挑战自我、不断前进的精神动力。

基金会在此郑重向您承诺，我们定会全力处理好您捐赠的房产，尊重您的意愿，将您的爱心款全部用于兴华学子的求学生涯，资助他们完成学业，健康成才，将来为祖国、为社会更好地效力。请您再次接受我们对您无比诚挚的谢意。

一生奉献，曾获爱心证书无数。仪式上，天津市红十字会向王娅的家属颁发了她公益路上获得的最后一张证书——《遗体捐献证书》。天津市精神文明建设委员会、市妇联、市红十字会、西青区委区政府，兴华青少年助学基金会负责人，王娅所在单位国网天津市电力公司领导，受助同学代表，王娅的亲属、同事、生前好友，热心群众，上万人从四面八方赶来，参加告别会，一起来向这位生如夏花、笑对死亡的天津电力退休女工致敬。追悼会的现场站满了人，很多自发前来为她送行的爱心人士索性站在会场外的停车场上，为她深深三鞠躬，献上一片深深的悼念之情。中国共产党新闻网、中央电视台、《人民日报》《光明日报》《天津日报》《今晚报》、国资小新、津云等新媒体持续热议，相关刊文阅读量均达到 10 万 +；主要新闻网站、新媒体、新闻客户端、自媒体平台新闻点击量达 4.63 亿次，获点赞近 9000 万次，被转发超过 3000 万次：

——我们送别王娅：这是她绚烂一生获得的最后一张证书。

——她用善良的人生底色书写大爱。

——心中有爱，这世界温暖如春。

——只有她堪称是真正的“裸捐”。

——王娅是这个春天里最暖的春色。

2019年3月6日深夜11点，受助学生、曾和王娅有过三面之缘的天津商业大学大二学生张宁宁，在接受完记者采访回校的地铁上，在微信朋友圈发了一张图配文，图片是国网天津市电力公司办公楼灯火通明的夜景，文字是：“来到了您工作过的地方，又多了解了您一点。真好！”

张宁宁从高一就受到兴华青少年助学基金会的资助，2017年考入天津商业大学。在大一第一学期末，她在兴华青少年助学基金会“兴华之家大学生群”里，看到白瑞刚秘书长介绍了一直捐资助学的王娅的情况。“白叔叔在微信上说，王娅阿姨前不久检查出患有胰腺癌，在病痛的折磨下，她并没有中断资助，还在一直坚持给兴华青少年助学基金会捐助。”听到这一消息，张宁宁立即给白秘书长打电话，说自己就在天津，想去看看王娅。拿到联系方式的张宁宁第一时间就给王娅发了短信，她说：“王阿姨，我是兴华青少年助学基金会的受助学生，现在就在天津上大学，我听说了您的消息，特别想去看看您。”王娅收到消息后回复：“孩子，谢谢你的关心，但我现在是一个人，身体状况不是很好，你来了我也没有办法招待你，谢谢你的好意。”时过不久，张宁宁接到了王娅打来的电话，说：“我觉得自己应该去了解一下你们大学生现在的生活和学习，多和你们交流。我想去你们学校看看，感受一下大学生朝气蓬勃的状态。”打完电话，王娅就和张宁宁约在早晨9点来天津商业大学见面。那天天气虽然有点凉，但张宁宁却感到身上暖呼呼的。在公交站接到王娅后，她俩来到校内的青年湖旁聊天。张宁宁说：“王娅阿姨跟我聊得最多的就是担心我们山里、乡下的孩子会有自卑感，她是对我们山里娃扶智更扶志，她一直在鼓励我，让我好好学习，珍惜学习机会，多参加社团活动，要有自信。王娅阿姨也是很爱学习的人，她经常指导我学习，发文章给我，有一次发的是《好的教育是一场人与未来的博弈》。”

张宁宁与王娅的第二次见面是在2018年9月开学时，那时她正在天津理工大学参加金工专业课程的实习。一天上午，白瑞刚秘书长给她发来消息，说陈章武教授要来看望王娅。过了一会儿，王娅打来电话，说：“陈理事长要来看我，你过来跟我们一起聊聊天吧。”那天张宁宁因为实习上课实在走不开，就说：“阿姨，我现在在上课，只能下午下了课过去，可能会很晚。”王娅听后说：“没关系，我们等你过来一起包饺子。”张宁宁记得，那顿饺子是她吃得最香的饺子。基金会杨志明为王娅带来了她在内蒙古插队时最爱的马头琴。王娅还当场高歌一曲蒙古味十足的长调，唱得那么悦耳动听。

张宁宁与王娅的第三次见面是央视记者来王娅家采访的时候。她说：“给我印象很深的是，那天央视记者的摄像机镜头一直对着王阿姨的脚。我定睛一看，原来她穿着一黑一蓝两只旧袜子配成的一双袜子，很明显有一只还是缝补过的。央视记者一直追问王阿姨为什么这样做，阿姨却说：‘这对我来说很正常，没什么。你们就不要在这个问题上反复问了。’”在张宁宁眼里，王娅是一个乐观坚强，热爱生活的人。

徐瑞也是一名商业大学的学生。去年元旦刚过，他在“兴华之家大学生群”里看到了王娅病重的信息。张宁宁联系了他，想结伴去家里看王娅。那是徐瑞第一次见到王娅，也是最后一次。

徐瑞说：“我们坐在沙发上和王阿姨聊天。在来之前，我非常紧张，但见到王阿姨之后，她给我的第一印象就是和蔼可亲，像亲人一样。她见到我非常高兴，仔细询问我家是哪儿的，现在学什么专业，并鼓励我

▲王娅与共同工作过的姐妹合影

好好学习。”“王阿姨还拿出了她最喜欢的绿植，教我们怎么修剪。她把水果递给我们，让我们随意吃。每天都会有社区的护士来给王阿姨挂吊瓶。下午快6点的时候，因为我们晚上还有课，王阿姨就让我们赶紧回学校，不要耽误课程，我们怕走后没有人照顾她，想要多留一会儿，但她坚决地拒绝了，她说，社区护士马上就来了，你们不用担心我，不要因为我回去晚了，耽误你们读书！”

短短的半天时间令他俩感触最深的是王娅说的一段话：“你们要学会做人，首先要成为一个在社会上能真正站得住的、优秀的人，再有就是要为家庭、家乡做一些事情，等到你更有能力的时候，就更要考虑为国家多做贡献。”

始于水木清华的兴华青少年助学基金会认为，捐助教育的人，大多数是爱学习和注重教育的人、乐观的人、对未来充满希望的人。

▲王娅（左一）与张宁宁（左二）、徐瑞（右一）合影

王娅每个月的退休金只有4100元，这些年到底捐了多少钱，王娅自己也说不清。可知的是，这些年她陆续资助了7名学生。在她的书柜中有两个文件袋，里面装满了她从1989年捐给“希望工程”的100元开始，到给天津市救灾扶贫的5000元，再到给中国教育发展基金会的捐款等保存完好的收据、证书。她时常会用骨瘦如柴的手掌轻轻摩挲着她的这些宝贵“财富”。在中央文明办发布的2019年1月“中国好人榜”中，王娅获评助人为乐“中国好人”称号。

伴随王娅生命凋零的，还有她生前养的那些不知名也不值钱的花。她最爱红色的花，红色是生命的颜色，红色是大爱的颜色，红色是热烈的颜色，红色是喜庆的颜色。这红色是王娅平凡而又伟大的本色，是受王娅资助的寒门学子此生幸福之花的颜色。

落红不是无情物，化作春泥更护花。

一条曲折蜿蜒的母亲河——海河——穿津门而过。

这座有着600多年历史的天津老城正在焕发出勃然的生机。

天津的版图像极了一只昂首鸣啼的雄鸡。天津的人，侠肝义胆，善良正直，守望相助，古道热肠。

大沽桥畔，“人民电业为人民”的标牌矗立在猎猎飘扬的“国家电网”的旗子旁，办公楼灯火通明，辛勤工作的人们还在挑灯夜战。

一名普通的退休女工——王娅，用她67年的生命岁月雕刻了一名普通天津电力人的高光时刻。

王娅在国网天津市电力公司工作的26年，也是天津电力跨越发展的26年。

习近平总书记来津视察时，对天津的发展提出新要求、寄予新期待。总书记在讲话中强调：要大力加强社会主义核心价值观教育，积极组织志愿者活动，立德兴善。国无德不兴，人无德不立。

在新时代，国网天津市电力公司实施了到建党100周年时，初步建成世界一流能源互联网的“1001工程”和“变革强企工程”两大工程。2019年，“1001工程”进入了决战时期，“变革强企工程”进入了攻坚期，标志着国网天津市电力公司由此开启了高质量发展之路。天津电力人有决心、有信心，实现争当落实国家电网公司新时代发展战略和争当服务“五个现代化天津”的“两个排头兵”的奋斗目标，为建国70周年华诞献上一份厚礼。

王娅的事迹在媒体广泛报道后，引起社会各界高度关注和强烈反响，在全社会形成了缅怀王娅、学习王娅的热潮。中央政治局委员、天津市委书记李鸿忠，国家电网公司党组书记、董事长寇伟，天津市委常委、市委宣传部部长陈浙闽先后做出重要批示，充分肯定王娅同志的感人事迹，要求进一步做好宣传学习工作。李鸿忠书记指出：“对王娅同志

今晚报

天津市不作为不担当警示教育大会召开

以案为鉴扛起政治责任
敢于斗争激励担当作为

加强教育引领 大力推动党内政治文化建设

好人王娅，完成人生最后捐赠

今起连续重污染，为嘛？咋办？

为梦起舞

今12时起启动重污染Ⅱ级响应

营造公开透明
口岸通关环境

2019 年 2 月 21 日《今晚报》第一版《好人王娅，完成人生最后捐赠》

国家电网报

亮 周刊

5

追梦人
——"中国好人"王娅的绚烂人生（一）

2019 年 3 月 22 日《国家电网报》第五版连载报告文学《追梦人——“中国好人”王娅的绚烂人生》

的宣传报道应该火起来，传递正能量，照亮更多人的心灵。”

国网天津市电力公司领导非常重视王娅这一继“时代楷模”“改革先锋”张黎明后涌现的新的重大典型的宣传、传播工作。公司董事长、党委书记赵亮同志明确指示：要大力宣传王娅精神，同弘扬企业精神紧密结合起来，切实组织好爱心接力活动。2019 年 3 月 5 日，公司党委理论学习中心组组织 2019 年第四次集体学习，观看王娅先进事迹视频，提出要全面落实国家电网公司党组和市委市政府关于大力宣传王娅事迹的工作部署，大力弘扬社会主义核心价值观和“人民电业为人民”的企业宗旨，统一思想、凝聚力量。阳春三月，一场上万名职工自发捐款、接力王娅助学活动悄然兴起，157 万元助学款将帮助灵台一中 150 名寒门学子圆满完成高中学业。

在学雷锋日当天，公司团委组织开展“闪亮品质，耀亮青春”主题学习实践活动，在公司全体青年中迅速掀起学习王娅先进事迹热潮，增强青年为民服务意识，激发青年奉献精神。在王娅生前所在单位检修公司和其他单位，团员青年开展了传承王娅精神“四项行动”，其中包括“温暖有你，奉献接力，学习王娅精神”捐款、青年志愿者走进小学用电常识有奖竞答、志愿服务病人送关爱、青年技术骨干技术咨询、现场售电、“向日葵”志愿结对帮扶、现场解答客户用电难题等形式多样的活动。公司广大离退休老同志也积极开展活动，以各种形式学习、宣传王娅事迹，离退休老同志表示学习先进、争当先进，老有所为、奉献爱心，在企业改革发展和社会公益等方面发挥积极作用。

国网天津市电力公司表示，将按照国家电网公司党组部署和寇伟同志重要指示精神，落实天津市委市政府重要工作部署，持续做好宣传学习工作，大力弘扬社会主义核心价值观和“人民电业为人民”企业宗

▲▶ 2019 年 3 月 5 日，国网天津市电力公司广大干部员工捐款助学，共续王娅爱心善举

旨，不断提升王娅先进事迹的影响力、感召力。公司要求，深入开展全员学习，通过各种形式，深入开展覆盖全员的学习讨论活动，把向王娅学习与弘扬“时代楷模”“改革先锋”张黎明精神相结合，努力培养更多“黎明式”员工、“王娅式”好人。要加强整体宣传策划，深入挖掘善举背后的故事，形成系列跟踪报道，在主流媒体平台持续掀起宣传热潮。要做好典型选树工作，积极推动王娅先进事迹评选“全国离退休先进个人”“全国道德模范”“感动中国”等活动。要开展公益助学捐赠，接力王娅爱心助学、无私奉献的爱心之举，传播崇德向善正能量，彰显

责任央企形象。

王娅，你还记得你在生命最后一刻的那个梦境吗：我是谁？我要去哪？现在让大家来告诉你：你是2019年“感动中国”的第一人！在生命的最后时刻顽强地跟死神赛跑的你，跑进了14亿中国人的心里。

第四章

大爱在延续

她30年坚持善举、30年传递大爱，用30年的时间捐资助学、无怨无悔，悄然离世后又把全部遗产倾囊捐献、毫无保留，包括她的遗体，她用自己的实际行动诠释着平凡之人的不凡壮举。

天似穹庐，空灵澄碧。

阳光从清冽蔚蓝的天空中泼洒下来的时候，仿佛是被一个透彻的、空明而又高贵的巨大容器过滤过。它看起来那样透亮，和所有正午的阳光一样炫目，它从高空中垂落下来，光芒四溅，游动飞舞，从这片草丛倏忽掠向那片草丛，从这棵树的枝柯蹿到那棵树的枝柯，依然可人和煦，带着清新可爱的滋味，像一团又一团充盈在天地之间的光芒的水流，无声地倾泻着，均匀而有力。

与甘肃省平凉市灵台一中校长周建荣的访谈是以“阳光与王娅”为主题展开的，周校长把王娅的大爱比喻成阳光。他口才极佳，脸上透出的是西北汉子的淳朴与善良，在校园一座现代主题的雕塑旁，他以低沉浑厚的男中音娓娓道来：

我的家人祖祖辈辈都在这大山之中繁衍生息，自己也是苦孩子出身，走出大山上大学，念完大学又返回大山搞教育。我对于王娅大姐的善举思考得很多，感悟也有很多，王娅大姐身上充溢着的大爱光芒，给寒门学子阳光般的温暖，照亮了他们的漫漫求学之路。世界之所以美好

▲灵台一中助学金发放仪式

◀助学金发放仪式上王娅的徒弟赵颖发言

与幸福，是因为有许多像王娅大姐一样的好人，他们有着善良美丽的人性，这是人类社会永葆真善美的唯一重要支柱。那些源自心灵深处的思想潮汐，通向的与其说是人间大爱，不如说是人性仁义使然。人性即人的神性，珍贵圣洁，而这种人类所独有的神性，正是基于深藏于人心中的美不胜收的滔滔激情。

灵台一中作为兴华青少年助学基金会项目学校，从 2011 年 9 月至 2018 年 9 月累计收到基金会捐款 205 万余元，这些善款凝聚着像王娅女士一样慈爱的社会各界人士的拳拳爱心，这些善款让数百个灵台贫困学子得以顺利完成学业，也让数百个陷于困顿的家庭重燃了生活的希望。兴华助学这项公益事业就是清华园里发出的一道普世大爱之光，不断激励着我们“振兴中华”的教育梦想。

与兴华青少年助学基金会结缘的这八年，是灵台一中的师生不断认识自己、认识社会、努力奋斗的八年。“兴华人”以其无私的胸怀，实干的作风，严谨的态度为我们的工作树立了榜样和标杆。我认为，“兴华人”从四个方面给了我们以巨大的启发和教益，推动了我们教育事业的发展，更是推动王娅女士身后大爱持久延续。

从清华园里长大的赵家和教授到基金会的发起人陈章武教授，从清华的学生刘迅到清华的各位校友，从退休女工王娅女士到事业有成的白瑞刚先生，还有那些我不知道名字的人们，他们无论身处何地，地位多高，在个人的发展上取得了多大的成就，但他们的目光是永远向下的，他们心存一份悲天悯人的情怀，怀揣一份普利天下苍生的愿望，舍小利，顾大义，思虑周全，目光长远，把扶危济困、捐资助学当成自己终生的事业来做，给世界传递了温暖的人文精神之光。

如果不是兴华青少年助学基金会和“兴华人”，灵台一中可能只会偏安陇东一隅，只埋头于升学率的提高，我们的认识也可能仍然停留在自私狭隘的层面而不会去考虑给予学生怎样的人文关怀，我们所认知的教育的目的可能仅限于改变个人的生存处境和家庭生活面貌，可能很少会考虑一个人对国家和民族的责任以及一个人在社会中的担当——在这八年与基金会的交往中，“兴华人”以天下为己任的家国情怀，鼓舞了我们的教师，也激励了我们的学生，让我们能真正地开眼看世界，让我们的目光更远，让我们对教育的最终目的有了更加清醒的认识。从这个意义上讲，兴华助学基金会不只是让她所资助的学生获益，更让接近她、了解她的人获得了境界上的提升和精神上的鼓舞，为此，我们心存感恩！

八年中，我们和各项目学校、受助学生以及受助地区的人们，共同见证了“兴华人”跋山涉水、将一份份爱心送到贫困学生手中的艰辛历程。陈教授和白秘书长以及拖身羸弱病体的王娅女士等爱心人士，总是轻车简从，从一个学校辗转另一个学校，从一个贫困家庭奔赴下一个贫困家庭，每年总是有两个多月的时间奔走在贫困地区里，穿梭在贫困家庭间。他们抚摸孩子的头顶，紧握家长的双手，把“兴华人”的爱，有力地传到了受助者的心中。从基金会创立之初到现在，严格执行它的章程，从未有过一次对于自己承诺的践踏，坚持“钱到、人到、心到”的“三到”原则，把赵教授的助学遗愿推向了新的高度。陈教授已70岁高龄，每次都亲自带队走访，他以自己的亲力亲为来回馈捐资人的爱心；王娅女士身患重疾，毅然办理各类捐赠手续，把自己对于这个社会的价值发挥到了最大；白瑞刚秘书长在八年的时间里负责联系受助学校，收集各校的学生来信，发放每年的捐款；那些长期为善款而不懈努力的人们，他们无时无刻不在奉献着自己的爱心——这些琐碎的小事和坚定的付出就是“兴华人”一颗炽热的“初心”，这永远是我们学习的榜样，八年来也一直激励着我们。

作为管理者，如何将“兴华人”不忘初心的精神转化为对于教师的激励，这是我时常思考的问题。为了稳定的队伍，激发教师的工作热情，我们常利用陈教授带队来校的时间邀请他为我们教师做报告，我们也利用平时的教职工大会、校报校刊、微信公众号等媒体向全体师生宣传兴华助学的故事。每学期，我们都要开展一次“讲兴华故事，做有为青年”的宣讲教育活动，我们也想从点滴的小事做起，在所有人的心中都埋藏一颗爱心的种子，我们想将“兴华人”身上所展现的这种“不忘初心，砥砺前行”的勇气传递给更多的人，我们想让我们的教育展现除了升学之外的迷人魅力，而兴华青少年助学基金会，永远给我们以鞭策，以鼓舞，以启发，以激励——感谢你们！

以实事求是的态度对待助学事业，以认真负责的态度对待善款，这是八年来我们对兴华青少年助学基金会工作状态的粗浅认识。我们的学生签领单、每学期的感谢信都在白秘书长的督促下按时邮寄了出去，每年受助学生的信息、各种档案，我们都做了妥善保存，以便于日后查阅，因为这是每个“兴华人”走过的足迹，我们有责任把它保管好、维护好。其实我们这样的工作态度也是受基金会实事求是、认真负责的工作态度的影响。基金会每年必定要走访受助学生家庭，以此来保证将善款确实用到了需要的地方，这样严谨求实的态度让我们在遴选受助学生的时候丝毫不敢大意，因此，我们学校在每年的资助对象确定上严格执行一条红线，就是坚持在入校的前 150 名学生中筛选符合基金会资助精神的学生，杜绝人情选人。受助学生一旦确定，在三年中我们将对这些学生进行严格的学科教育和思想教育，凡是学习不努力，成绩滑坡明显，严重违反纪律的学生，在向基金会提出更换申请之后按程序替换，我们每学期都对所有受助学生进行一次民主评议，以确保他们都能全面发展，健康成长。“兴华人”这种坚持实事求是的科学精神、做事的态度，给我们的学校教育提供了很好的榜样——感谢你们！

当很多人都在疯狂地占有，追求物质世界的满足，追求名利的时候，“兴华人”悄悄地做着教育扶贫，每到一个地方，都拒绝排场，拒绝招待，给了钱，入了户就走，真的是“捧着颗心来，不带半根草去”，“兴华人”做的是功在千秋的大事，所以拒绝了奢华，选择了低调。因为他们深知，要让一个家庭脱贫，最可靠的办法是让他的子弟接受高等教育，要让一群人摆脱愚昧和被奴役的命运，最可靠的办法是让他的子弟接受高等教育，要让一个社会走出丛林法则的状态，最可靠的办法是让这个社会持有一种众生平等的普世价值。“兴华人”八年来的付出，已经让我们可喜地看到了他们的资助给贫困家庭带来的改变。我举两个例子，一个是2011级的学生张烈琴，当时她的入校成绩并不好，是由于家庭困难才被选择，后来在兴华青少年助学基金会的激励下，她努力学习，考入了河西学院，本科毕业后又考上了云南师大的研究生，现在工作也迁到了新疆的一个单位。如果不是“兴华人”，不是兴华青少年助学基金会的帮助，这个女孩可能摆脱不了因贫困而辍学的命运。另一个是2015级的学生景麦涛，这个孩子曾经边干农活边照顾自己患精神分裂的父亲，还要自己供自己上学，在受到兴华助学金资助以后，他考上了大学，现在在上海的一家公司工作。我们有他的微信，了解他的状态，这是兴华青少年助学基金会对一个贫苦孩子命运最大的改变。其实这样的例子不胜枚举。

“兴华人”和兴华青少年助学基金会到底激励了多少学生，给多少家庭传递了爱心和希望，拯救了多少家庭于危难之中，我们很难估量，因为在我们学校，兴华受助学生已经成为一种追求卓越、自立自强的精神标签，鼓舞着我们一批又一批的学生，兴华精神已经辐射了灵台县的各个有高中生的村落——感谢“兴华人”长远的目光，以投资教育而投资未来，以一己之担当予万家以幸福，扶贫扶志，播撒爱心，带给了失意者巨大的希望，让教育慈善的生态有了生生不息的可能——谢谢你们！

借此机会，我也将我校历届受助学生的升学情况简要介绍一下：从2012年6月到2018年6月，我校受助学生有5000多人考入了一本院校，其中有290多人考入了清华等名校，仅以升学情况来看，兴华人的每一笔爱心款都发挥了它的最大价值，对于我们学校来讲，将每一名受助学生都培养成才，也算是对于社会各界爱心的最为有力的回应。

八年来，在兴华精神的鼓舞之下，我们全校师生努力拼搏，在高考升学率方面也取得了连年上升的好成绩。2018年，我们一本上线1000多人，二本以上上线200多人，创历史新高，被市委市政府授予“高考质量先进单位”称号。我们深知，这一切都与“兴华人”带给我们的激励和鼓舞密切相关——感谢你们！

作为项目学校，我们要严格执行基金会的决定，一切按规定办事，严把助学金评选关和资金发放关，确保每一笔善款都用到最需要的学生身上，共同维护基金会的名誉，我们将一如既往地对受助学生加强教育管理，使其成人成才，不断将基金会的事业推向前进。

2019年3月22日，就在王娅病逝后的第36天，国网天津市电力公司与甘肃兴华青少年助学基金会，共同在灵台县一中举办“电网之光·王娅爱心”捐助仪式。王娅生前供职的检修公司现任党委书记刘继平受赵亮董事长特派，重走王娅捐资助学之路，延续她的大爱善举，继续完成她生前未竟的事业。他带来了近万名同事自发捐赠的157万元助学款，捐助首批150名将要攻读高中学业的寒门学子。中央电视台记者对这一仪式全程跟踪采访，刘继平书记接受了采访，他对着话筒娓娓述说着内心的感受：

今天特别荣幸能够代表国网天津市电力公司检修公司参加“电网之光·王娅爱心”志愿服务捐赠活动，踏寻我们的好同事、好大姐王娅同志的捐资助学足迹，传承她的奉献精神，延续她的助学之路。

王娅是我们国网天津市电力公司检修公司的一名退休职工，她30年坚持善举、30年传递大爱，用30年的时间捐资助学、无怨无悔，悄然离世后又把全部遗产倾囊捐献、毫无保留，也包括她的遗体，她用自己的实际行动诠释着平凡之人的不凡壮举。在她去世后，我们通过各种方式回顾了她生前捐资助学、燃尽自己、照亮他人的感人事迹，回忆了她工作生涯中坚守岗位、任劳任怨的点点滴滴，天津电力的广大职工怀着敬仰之心分享了自己的学习感语，大家都深切感受到王娅的生命之路虽行至终点，但她的品质精神仍在延续，我们为有这样一位同事感到无比骄傲和自豪！

王娅同志就生活在我们身边，她是“师父”、是“同事”、是“朋友”、是“知心大姐”，是我们检修公司优秀员工的典型代表，更是我们的骄傲、我们学习的榜样。公司也在了解她事迹后的第一时间，下发了关于学习王娅先进事迹的决定，号召全体员工学习王娅精神、传承王娅爱心，在广大职工中迅速掀起了缅怀王娅、崇德向上的热潮。王娅同志爱心善举的感染力，也从国网天津市电力公司检修公司逐步辐射到了整个国网天津市电力公司，公司全体员工积极响应，通过自发捐款、事迹宣讲、感想座谈、“三会一课”、主题党日等多种形式持续唱响延续王娅爱心、践行王娅善举的主旋律。我们将王娅用生命之光点亮的寒门学子求学路，今后将用电力之光继续点亮，永不熄灭！

在这里，我们要特别感谢甘肃兴华青少年助学基金会为我们搭建的这个“爱心桥梁”，让我们有机会能够来到灵台一中，重走王娅捐资助学之路，并将国网天津市电力公司检修公司820名职工的爱心捐助传递到孩子们手中。希望通过我们的绵薄之力，能够帮助更多的孩子完成学业、实现梦想。

“天行健，君子以自强不息”，也希望孩子们能珍惜来之不易的机会，努力读书、刻苦学习，用奋斗和拼搏去创造更加美好的未来！

祝愿所有致力于捐资助学事业的爱心人士，身体健康、万事顺意！祝愿孩子们，学业进步、梦想成真！

刘继平一行踏着王娅生前助学的足迹，迎着一阵阵扑面而来的风沙，在地处崇山峻岭的一个个山寨中，前往受助的寒门学子家中进行家访。虽然已是初春时节，但是海拔近2000米的六盘山一带依然寒风刺骨，地上的冰雪还没有融化。他们的到来，给一个个小山村带来爱的春风，陇东高原奔涌着一股股大爱的春潮。

2019年4月3日，“向王娅致敬”纪念会在国网天津市电力公司办公大楼隆重举行，全国总工会、天津市委、国网公司、兴华青少年助学基金会有关领导以及王娅生前的同事出席纪念活动，沉痛缅怀王娅，寄托哀思。活动一开始，播放了王娅先进事迹电视宣传片，当她生前的音容笑貌一幕幕映入人们眼帘时，在场的许多人早已潸然泪下。

▲ 2019 年 4 月 3 日，“向王娅致敬”纪念会现场

在国网天津市电力公司，有一位扎根电力一线 30 余年“点亮万家”的“蓝领工匠”，他就是闻名全国的“时代楷模”“改革先锋”张黎明，在纪念会上他深情讲述了自己学习王娅事迹的体会：

2018 年 12 月底，我第一次见到王娅，是在天津市组织的一次爱心志愿服务会场。有人告诉我，王娅也是我们天津电力的退休职工，我既感到亲切，也很震惊，她显得特别单薄，非常的消瘦。之后，我听到了大量关于她的事迹，就常常想到她单薄的身形，想到她为这个社会所做出的丰厚贡献，更增加了敬佩之情。王娅，值得我们每一个人深深铭记。

▲张黎明在“向王娅致敬”纪念会上发言

5元钱，是她捐出的第一笔款项。100元，是工资还不到200元的她给“希望工程”的捐款。6000元，是她重病中仍继续捐出的爱心。到底捐了多少，王娅自己都记不清。这些捐款记录在另一个数字里，30年自愿捐款、无私奉献。我在配电抢修一线干了30年，对这样的坚守感同身受。那些付出、艰辛、孤独以及不被理解，都没有阻挡住王娅的选择，她坚持自己的梦想毅然前行。

说起王娅，我不知道大家是否和我一样，第一个想到的是她的笑容。她曾说，帮助别人“是件令人很愉悦的事”。因为享受这份快乐，王娅开启了她的爱心长跑，从汶川地震、南方水灾等重大灾难到无偿献血、捐资助学，都留下了她爱心常为的印迹。因助人而快乐，王娅的笑容，才这样温情而从容。我理解王娅的快乐，这些年来，我们党员服务队在解决百姓困难、点亮万家灯火时，也常常被快乐的感觉所包围。王娅的笑容，是“人间最美好的样子”。

王娅性格坚强、坚韧，除了自己的徒弟，从未提及捐助的事情。王娅去世后，我们了解到她说过的话，也知道了她平凡而伟大的内心世界。她说，“当你看到有人需要帮助的时候，有大的能力就多帮点儿，小的能力就少帮点儿，反正要尽力去帮”。她还说，“我当过知青，学历不高，也曾做过民办教师。我心里清楚农村学生的状况，也知道孩子们对知识的渴求”。在生命的最后，她说，自己最大的遗憾是“无法继续为孩子们做事了”，为此，她捐出了自己的一切，用“裸捐”完成最后的心愿。心底无私天地宽，细细体会王娅的话语，我们能切实感受到她高尚坦荡的人格魅力及直指人心的精神力量。

2019年年初，习近平总书记来津考察时，为志愿者们点赞，称赞志愿者是为社会做出贡献的前行者、引领者。王娅将志愿服务、公益慈善的初心贯穿生命始终，让一个普通的名字，因善举而被广泛传颂；让一个弱小的身躯，因大爱而被人们尊崇。生前，认识了解王娅的人虽然寥寥无几；身后，敬佩跟随王娅的人必将很多很多。

让我们记住王娅，记住王娅质朴生命中所蕴含的光华，让大爱长存人间！

在同事、徒弟的记忆中，王娅一直是对本职工作最认真、要求最严格的那个人，大家对她的评价是坦率、乐观，乐于助人、正直无私。在她过世之后，众多同事、徒弟都在以不同的方式去追忆她。她有一位有着“母女情结”的爱徒赵颖，相依相惜近30个春秋。赵颖讲起她和师父之间的点点滴滴，颇为温婉动人：

我和王娅师父的情谊源于一份“师徒协议”，30年来我们相识相知相惜。现在，王娅这个深深镌刻在我心中的名字，正同样温暖着千万人的心。

刚参加工作那年，我只有19岁，对师父的第一印象就是“严肃”，然而日子久了我才明白这“严肃”背后是用汗水书写的“责任担当”。她常说：“我们做一件事，要么不做，要做就要做好。”她经常主动加班手绘图表，事无巨细、一丝不苟地扑在工作上，用“润物细无声”的方式感染着我。1997年，师父带头修编海光寺站运行规程，她仔细梳理技术流程，反复斟酌判断，发现了一处技术漏洞，经专业人员分析估算，

▲赵颖在“向王娅致敬”纪念会上发言

这一发现有效预防了设备事故发生，经济价值约合每分钟3600元，这在22年前可是一笔不小的数目啊。王娅师父26年的电力生涯，是“千项操作无差错”的26年，是实现安全无责任事故的26年，也是用心呵护万家灯火的26年。

见过师父对工作的严苛要求，她帮助别人时伸出的宽厚手掌便更加温暖动人，那“不苟言笑”的外表下，蕴藏着一颗火热的心。有一年春节前，同事小高家被盗了，所有贵重物品、年货，甚至连被褥都被洗劫一空。师父片刻未歇，立即张罗着为小高捐款、筹集年货，带头拿出了200元，当晚就悄悄把整整一箱年货送到小高的家中。这些年下来，北郊站、海光寺的很多同事都穿过师父帮着修补的衣服，连邻居家安装灯具、装修刷浆她都主动帮忙、尽心竭力。

我曾以为这些已是师父释放的全部能量，却没想到她从1989年就开始捐资助学，还一直“藏”得很好。我们在单位天天一起工作，她竟然只字不提，直到近些年我才知道。有一次，我去家里看望她，一开门，她就拉着我的手，兴奋地说：“小颖，我今天联系上了甘肃兴华青少年助学基金会，以后我要尽我所能地帮帮那些西部的孩子们。”当时她发自内心的喜悦和灿烂明媚的笑容，深深烙印在我的脑海中。我从未惊讶于她低调的捐资助学，在我的意识深处，这就是她的做事风格。只要是做好事，她一准儿冲在前头。公司组织捐林种树、义务献血这类公益活动，师父从未缺席。那次义务献血让我印象尤为深刻，当时公司报名人数很多，师父身体瘦小没被选上，她就跑到街上的献血车去献。大家不懂她为啥非要献血，她说：“我身体好，常年都不生病，谁输了我的血，兴许也能和我一样健康呢。”

我最敬佩师父的纯粹，她享受全心全意的付出，别无他求。“当你看到有人需要帮助的时候，有大的能力就多帮点儿，小的能力就少帮点儿，反正，就是尽力去帮。”她告诉我，正是希望工程那张“大眼睛”的照片，深深触动了她的心弦，更点燃了她帮助贫困学子的梦想，为了圆这个梦，她倾尽一生。讲究的服饰、华丽的摆设，都不如她心中千金不换的“宝贝”——那厚厚一摞捐款证书和受助学子寄来的封封书信。她说，“钱要用到有用的地方”。每月只留200元生活费清苦度日，为了照亮更多孩子的求学之路，这样的苦也是甜的。可我怎么也想不到，2018年3月，师父的生命却进入了倒计时。

得知师父身患绝症，我的心仿佛在火上烤过。我匆忙赶往医院，可迎接我的依然是她坚强的笑脸。患病后，师父节俭的习惯依旧如故，化疗时，有国产药就不用进口药，还拒绝了医院提供的单间病房。她很坦然地说：“我这个病，没得治，花钱也是浪费，不如省下来，又能多让几个孩子有学上。”师父决定彻底放弃治疗的时候，我以为她是不堪忍受病痛的折磨。她却告诉我，她想完成最后的一个心愿，趁着身体还能支撑，去甘肃看看她一直心心念念的孩子们。我看着她在甘肃的照片，哪里像一个已经快要走到生命终点的人啊！和孩子们在一起，她脸上洋溢着幸福的笑容，那么满足，那么快乐……

师父离开了，却留下了人间大爱。我在一篇报道上看到与她同屋的病友家属这样评价她：“当时，我就觉得这个大姐很乐观，什么事都特爱替别人着想。后来，在网上看到她的报道，对这位大姐真是特别佩服。如果咱们国家能多点像她一样的人，肯定会越来越好。”师父坦荡乐观的人生态度、温暖亲和的人格魅力、无私奉献的思想境界，值得我们永久铭记。

我为拥有这样的师父骄傲和自豪！

王娅生前虽然没有子女，可她并不孤单，因为那些受她资助的寒门学子，就像她的孩子们一样，想念她、爱着她。受助学生、天津商业大学大二学生张宁宁和王娅见过三次面，数十封信件往来，让她们两人的命运紧密交织，开启了一段段暖心的故事。在她的心中，王娅是自己慈爱的母亲，像妈妈一样疼爱着女儿、呵护着女儿。张宁宁满含热泪倾诉着自己的心声：

我的爸爸妈妈是地地道道的农民。妈妈因为疾病，干不了重活，出不了远门，家中的重担便落在了爸爸一人身上，照顾我和弟弟、种地、打零工，为维持这个家而辛苦奔波。家里的生活虽然简单、艰苦，但我感到很幸福、很幸运，抚养我长大的父母，并没有因为身居大山而存有重男轻女的封建思想。他们一直用心呵护着我成长，尽最大的努力让我坚持去学习，支持我实现自己的梦想。

但有时候，贫穷真的会让人感到绝望。爸爸妈妈的疲惫与无力，我看在眼里，放在心上。自记事起，我便时刻铭记着“知识改变命运”这句话，从小到大总是对自己说“你得变得更好！是的，必须变得更好”。只是，变得更好的路，对我们这样的家庭条件的孩子似乎有些远。

我很幸运，在我的生命中，遇到那些可亲可敬、亦慈亦宽的人，让每一个如我般的山区孩子能够以歌回报生活。

我接受兴华助学已经五年了，五年中，我努力了、付出了，更成长了。五年的时光，心中的那份感恩也许早已化作亲情，永远留在了心底；五年的时光，让此时此刻的我有梦可追，有无限可能的未来。

有位哲人说：“生命最伟大的光辉不在于永不坠落，而是坠落后总能

▲受资助学生代表张宁宁在“向王娅致敬”纪念会上发言

再度升起。”让人理解了这句话，教我弄懂其中道理的老师，就是王娅阿姨。我感觉，她是用她的一生在诠释着这句话，所以也教会了我。

也许从遇见王娅阿姨的第一刻起，注定着这个名字将深深嵌在我的脑中，永不磨灭。或许我们的人生本应与平凡握手，但却因遇见彼此而多了一份伟大的爱与付出。2017 年，一通素未谋面的电话、一条略显羞涩的微信、一张来自病床上的照片，让我遇见了这位善良、坚强而又可爱的阿姨，才有了我与她的故事。

初次见面，阿姨便叫我宁宁。我很喜欢王娅阿姨温柔而又慈爱的声音，甚至于迷恋上了这个声音。从那以后，宁宁就常常响起在我的耳际。

“宁宁，天气冷了，注意保暖呀。”只要天气有变化，王娅阿姨就会特意打来电话叮嘱。

“宁宁，你刘海有点长了，有时间可以去剪剪。”她总是能记得我们这些孩子的变化。

“宁宁，多吃几个饺子，蘸点醋。”她从来也不掩饰对我的关心。

“宁宁，期待下次与你的见面。”如此温暖的声音，让我在这个偌大而陌生的城市有了被家人关心的感觉。

……

王娅阿姨用温柔的心对待我们，对她自己似乎却并不在意。

有一次，一位记者到家里采访她时，说她穿的两只袜子颜色不同，还有缝补痕迹，她赶忙把脚藏在我的身后，并说道：“哎呀，不要拍我的袜子。我觉得这样很正常呀，没什么值得你们去写在文章中的，我的生活就是这样。”那一刻，在我眼里，她既可爱又伟大，传达着独特的生命感悟，那些世俗的事物、那些所谓的功名都离她好远好远，但心却离我们很近很近。

当记者拿出柜子里的一摞摞希望工程捐赠证书和一张张无偿献血证的时候，她看着它们开心地笑了，她说：“这就是我最珍贵的财产，有时候捐赠一次，我都能开心好几天。”她说的每一句话让在场的每一个人都深受感染、深有感触。让我内心深感震撼的是，当我的目光注视她的时候，我看到她脸上洋溢着幸福的笑容，与坐在沙发一角明显因疾病折磨而倍显单薄的身形、瘦骨如柴的双手，形成了鲜明的对比。此刻的王娅阿姨闪烁着人性的光辉，却又让人格外心疼。

相知的人总是格外地相似。在兴华，王娅阿姨倾尽所有，为这份大爱添上了最有力的一笔。平凡之路，她走出了最美的样子。

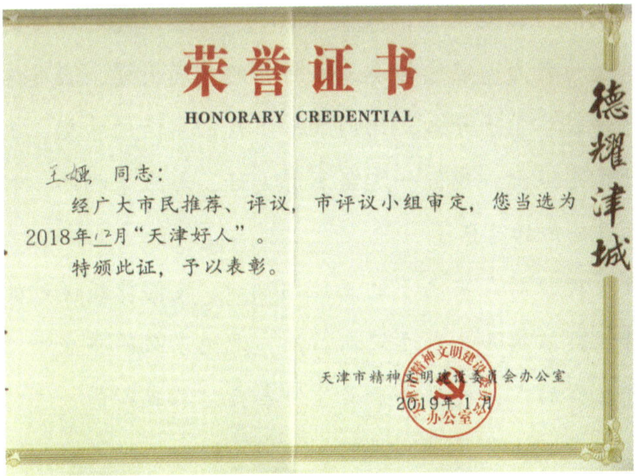

▲ 2018 年“天津好人”荣誉证书

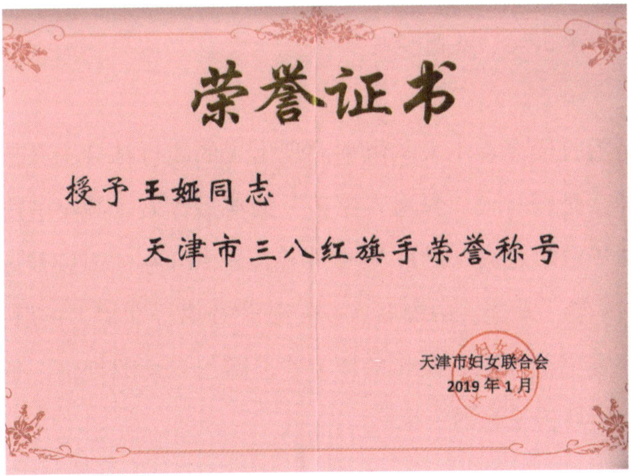

▲ 2019 年天津市三八红旗手证书

今天，我们“以爱之名，相聚于此”，正是一场爱的接力。各位叔叔阿姨愿以众人之力，继续传递王娅阿姨的人间大爱，我非常感动，也为同我一样的兴华学子开心，你们带给了我们生活的希望，也让我们相信，这个世界充满爱，我们一定会变得更好，与未来相约，种下爱心的种子，建设更美好的生活。

在这里，我想对九泉之下的王娅阿姨说：我们曾经说过的“善良的传递”的话，我依然并会永远记在心里，无论未来的我从事什么样的工作，遇见什么样的人，我都会带着这份善良，尽我所能，去传递这份永存的爱。

当我们热爱这个世界时，才真正活在这个世界上。以平凡开始，以不平凡结束，她是万千国人中最普通的一个，可是她却在直面死亡时活出了世间最暖的样子。她是众多兴华学子心中的慈爱母亲，她是王娅。

最后，我愿将最美好的祝福送给走在慈善路上的每位可亲可敬的人，让我们为爱出发、共圆梦想！

王娅是新时代产业工人队伍中涌现出来的践行社会主义核心价值观的道德榜样，是新时代“普通人慈善”的典型代表。她是“用生命之光点亮寒门学子求学之路”的最美国网职工。2018 年，王娅被评为“天津好人”，2019 年，入选“中国好人榜”并荣登第一期榜，可谓当之无愧。国网公司团委书记刘平一谈起王娅，脸上露出自豪的神情，他用铿锵有力的话语全面评价王娅的一生：

在中华传统节日清明节即将到来之际，国网天津市电力公司举行“向王娅致敬”纪念活动，有着重要的意义和深远的影响。今天的纪念活动内容丰富，开得隆重而简洁，听了各方面情真意切的讲述，被王娅充满大爱情怀、追求人生价值、默默无私奉献的先进事迹所感染、所感动，同时，也为我们国家电网有限公司曾经拥有这样优秀的退休职工深感骄傲。

近期，王勇国务委员就学习宣传王娅先进事迹做出批示，国家电网有限公司党组专门下发了向王娅学习的决定，号召公司全体干部职工学习王娅优秀品质，传播正能量，树立新风尚。虽然王娅的离去让人悲伤，但值得欣慰的是，千千万万个王娅正在向我们走来。

作为一名在全社会引起如此广泛共鸣的先进典型，王娅的出现，不是偶然的，主要有五个方面的关键因素。一是社会主义核心价值观的集中呈现。这是最重要的时代因素。党的十八大提出 24 字核心价值观，是社会主义核心价值体系的高度凝练和集中表达。王娅终其一生，做到了对工作勤勤恳恳、对生活积极乐观、对他人乐善好施，用实际行动践行“爱国、敬业、诚信、友善”的个人价值准则，为新时代每个人做出了道德典范。二是天津这座城市崇尚志愿的历史传统。这是重要的地域因素。我们都知道，天津市历来重视先进典型培育，这些年来津沽大地先后走出许多具有全国影响力的时代先锋、劳动模范。在这次传播王娅先进事迹的过程中，我们由衷感受到了天津市委宣传部、市国资委、总工会、妇联等部门的工作力度和效率，由衷感受到了天津市民崇尚先进、学习先进、争当先进的良好风尚。三是国网优秀企业文化的长期积淀。这是重要的环境因素。王娅 1976 年成为一名电力工人，直到 2002 年退休，26 年里始终在国有企业文化环境里浸润和滋养。国有企业忠诚、负责、务实、担当的特点，电力行业特有的“人民电业为人民”的企业宗旨，以及专业工作严谨精细的要求，于潜移默化中影响了王娅一生的做人做事风格。四是国网天津市电力公司塑造员工卓越品质的努力。这是重要的群体因素。在国家电网公司党组领导下，国网天津市电力公司将精神文明和物质文明建设紧密结合，建立健全各项工作机制，营造有利于先进人物持续涌现的企业生态环境，着力打造忠诚干净担当的高素质干部职工队伍。五是王娅作为普通公民的价值追求。这是最根本的内在因素。王娅生性积极乐观，独立自强，热心助人，有一颗金子般的纯洁心灵。她在生命最后一刻倾尽所有，继续奉献，向我们展示了一个普通公民的人格高度所能到达的最高境界。

王娅所传递的精神，是我们国网天津市电力公司、天津市、国网公司乃至整个时代共同的精神财富。学习好、宣传好、弘扬好王娅精神，无疑是我们下一步的一项重要工作。作为专业部门，我们党建部将持续做大学习声势，推动王娅的感人事迹和高尚品格融入企业核心价值观，转化为干部员工的行动自觉；持续跟进高层面、高级别传播，创新传播载体和形式，提升影响力、扩大覆盖面；持续配合天津市委等方面开展工作，在全国层面为王娅争取更高荣誉，让更多人了解王娅、学习王娅、争当王娅。

同时，在这里也向国网天津市电力公司提几点建议和希望。一是进一步做好王娅精神凝练转化工作。按照国网公司党组四个方面品质的定位，深入挖掘提炼王娅思想内涵和精神特质，带动更多社会力量关注王娅先进事迹。与国网天津市电力公司实施“两大工程”、争当“四个先锋”等中心工作相结合，教育引导广大干部员工勇于担当任事，善于攻坚突破，敢于啃“硬骨头”，努力在本职岗位上做出更大成绩。二是进一步做好王娅事迹社会宣传工作。举办好报告会、座谈会，推动王娅事迹进企业、进校园、进社区。运用广播剧、报告文学等群众喜闻乐见的方式，多角度立体化宣传王娅事迹。三是进一步做好王娅爱心善举传承工作。融入志愿服务，体现社会责任，健全常态工作机制，壮大志愿服务力量。深化共产党员服务队建设，做好电力先行官、架起党群连心桥。

王娅的精神与我们同在。让我们传承王娅的精神，学习王娅的风范，以此次纪念会为新的起点，在各自工作学习岗位上，努力做到忠诚人民、服务社会、报效国家，在推动实现中华民族伟大复兴事业中，贡献我们应有的力量！

王娅的生动事迹感动天津，感动中国。她用自己的全部生命来做善事，用全部的爱来温暖贫困学生的心。她那浩然一身的正能量，正在涤荡亿万国人的心灵。天津市委宣传部副部长于景森专程来到“向王娅致敬”纪念会现场，他怀着崇敬之情登台即兴述怀：

今天，我怀着崇敬之情参加王娅同志纪念会，近距离聆听电力人讲述自己身边先进的故事，心情非常激动！王娅“用生命之光点亮寒门学子求学之路”的先进事迹，质朴无华、感人至深，她用舍己之德传递了大爱无声奉献社会的价值追求。王娅是电力人的骄傲，更是我们天津人的楷模！

中共天津市委对王娅先进事迹的学习宣传高度重视，李鸿忠书记专门做出批示，强调“这样的报道应该‘火’起来，传递正能量，照亮更多人的心灵”。市委常委、市委宣传部部长陈浙闽指示：要把王娅这一先进典型宣传迅速做起来！我市各主要新闻媒体、新媒体、新闻客户端、自媒体平台等积极宣传，累计发布新闻百余篇，转发超过3100万次，新闻点击量达4.6亿余次，点赞超过8900万次，迅速在全社会掀起了缅怀王娅、学习王娅的热潮。2018年，王娅被评为“天津好人”，2019年又入选“中国好人榜”并荣登第一期榜首。王娅同志，以其勤奋刻苦的职业担当和默默无闻的无私奉献，集中体现了电力员工崇高的道德情操，集中展示了天津人民善良淳朴的精神风貌，生动诠释了中华民族崇德向善的传统美德。王娅走了，却为全社会留下了最为宝贵的精神财富；王娅走了，但精神永驻！

近年来，国网天津市电力公司在先进典型培养选树和学习宣传方面取得累累硕果，“中国好人”王娅、“时代楷模”“改革先锋”张黎明，都出自天津电力，都是天津电力培养出的优秀员工代表。这充分说明，国网天津市电力公司在树牢“四个意识”、坚定“四个自信”，坚定不移做到“两个维护”方面是做出了成效的，在培养对党忠诚、敢于冲锋、能打硬仗的员工队伍方面是狠下了功夫的。近年来，国网天津市电力公司启动“1001工程”，投资643亿元（历史最高），下功夫提升供电保障能力；服务绿色低碳发展，追加“煤改电”投资，助推了天津能源转型；实施新一轮农网改造升级，启动农村电网升级改造“三年行动计划”，提高农村供电水平；努力建设智慧能源小镇，打造国际能源变革天津样板，支撑智慧城市建设；出台“电十条”等硬举措，进一步优化电力营商环境……可以说，天津电力有着一支能打硬仗的干部职工队伍，也正是你们，推动和保障着天津电力事业发展，为天津市的经济社会发展做出了突出贡献。

2019年是新中国成立70周年，是全面建成小康社会的关键之年，希望国网天津市电力公司牢记总书记“继续努力，再创新高”的嘱托，坚决落实市委、市政府决策部署，稳扎稳打、勇于担当、敢于创新、善作善成，积极履行央企“三大责任”和“六个力量”作用，大力弘扬王娅精神，将王娅的爱心接力传递下去，用电力人的善举和担当服务社会基层、感动百姓群众，凝聚一切可以团结的力量，全力攻坚“1001 工程”，确保高质量完成一流能源互联网建设、营商环境优化等各项任务，展现天津电力新作为，争当服务“五个现代化天津”建设排头兵，为我市经济社会高质量发展做出新的更大贡献！

▲“电网之光·王娅爱心”志愿项目启动仪式　左起：国网宣传部王延芳、公司董事长赵亮、兴华青少年助学基金会陈章武、天津市文明办于景森

恬淡如菊、落花无言的王娅以生命的本真，以朴实无华的仁爱之心、默默无闻的奉献之心，给世人做出了榜样，成为国网天津电力人的骄傲。

国网天津市电力公司董事长、党委书记赵亮带领公司广大干部职工开展“弘扬雷锋志愿精神，共续王娅爱心善举”系列活动，接力王娅的爱心善举，向全社会传递更多正能量。赵亮董事长自己掏出 12000 元捐助甘肃灵台一中两名学子。他十分动情地讲道：

后天就是清明节了。在中国传统文化里，清明节是悼念逝者、寄托哀思、缅怀先人的重要节日。我们举办“向王娅致敬”纪念会，启动“电网之光·王娅爱心”志愿项目，就是为了深切悼念王娅——我们的好同事、好榜样，追思她的感人事迹，弘扬她的大爱善举，凝聚奉献企业、回馈社会的正能量。首先，我代表国网天津电力全体干部职工，向一直以来关心、支持、帮助王娅的领导们、同事们，以及社会各界朋友们表示衷心的感谢！向中国能源化学地质工会、市委宣传部、市国资委、市总工会、市妇联、市红十字协会、西青区委宣传部，国网公司党组宣传部、离退休工作部、团委、工会，兴华青少年助学基金会，以及各大中央和地方媒体给予的关心关注和辛苦付出致以崇高的敬意！

国家电网的事业是党和人民的事业，国家电网的队伍是党和人民的队伍。这个队伍践行“人民电业为人民”企业宗旨，完全是为着人民美好生活需要服务的。王娅就是这个队伍中的一员。作为国网天津市电力公司一名普通退休职工，她 30 年如一日捐资助学，用生命之光点亮了寒门学子求学之路，用实际行动诠释了社会主义核心价值观，彰显了人间大爱，留下了宝贵的精神财富。在王娅身上，充分体现了恪尽职守、忠诚担当的专业精神。坚守变电运行一线 26 载，始终保持安全生产无事故，为人民送去了电力光明。充分体现了扶弱济困、舍己助人的高尚品德。从西南旱灾、青海震灾，到南方水灾、希望工程，处处都有她留下的爱心，生动诠释了“善行天下，大爱无疆”，充分体现了淡泊名利、大爱无声的人格力量。王娅为人谦和、不慕名利；多次婉拒媒体为她录制公益节目，总是将爱心默默地送到孩子们手中，春风化雨、润物无声，充分体现了无私忘我、奉献社会的价值追求。王娅一生节衣缩食、安贫乐道。在得知身患癌症后，毅然放弃治疗，把节省下来的医疗费、名下唯一的房产和自己的遗体全部捐出，表示“此生无憾”。

2019 年 2 月 16 日，涓滴未存、孑然一身的王娅离开了我们。她的事迹得到各级领导和社会各界高度评价，引起强烈反响。中央政治局委员、天津市委书记李鸿忠批示要求做好王娅先进事迹宣传，传递正能量，照亮更多人的心灵；国务委员、国务院党组成员王勇评价王娅事迹感人至深，生动反映了新时代央企员工精神风貌，要求注意总结宣传，积极弘扬社会主义核心价值观和央企正能量；国家电网公司党组书记、董事长寇伟批示要求在国网系统开展学习宣传活动；天津市委常委、宣传部部长陈浙闽评价王娅事迹感人、过硬，指出 2019 年是道德模范评选年，要求共同做好事迹宣传、典型推荐等工作。两个月来，王娅感人事迹在《人民日报》《天津日报》等中央和地方媒体平台转发超过 5600 万次，阅读量达 4.6 亿次，被网友誉为“中国人最暖的样子”。

王娅精神，人人可学；奉献爱心，处处可为。我们纪念王娅，最好的方式就是学习和弘扬她的宝贵精神品质。我们将在各级领导和社会各界关心支持下，以此次项目启动为契机，接力王娅爱心善举，传承公益志愿精神，为全社会共筑“中国梦”凝聚精神和道德力量。一是让学习更有“深度”。结合“不忘初心、牢记使命”主题教育，推动学习活动“进班子、进机关、进基层”，全面营造“人人学习王娅、人人奉献爱心”的良好氛围。二是让宣传更有“温度”。与各大媒体深化合作，深挖王娅感人事迹闪光点，用人性的光辉唤醒大众内心的“真善美”，推动营造“讲道德、尊道德、守道德”的良好社会风气。三是让行动更有“力度”。以“电网之光・王娅爱心”活动为载体，为务工子弟、特殊儿童、寒门学子提供“点对点”爱心帮扶，让“星星之火”成“燎原之势”。以王娅精神为引领，激励广大干部职工以实际行动践行社会主义核心价值观，践行“人民电业为人民”企业宗旨，勇做推动国网“三型两网”战略在津率先落地、服务“五个现代化天津”建设的奋斗者和追梦人。

最后，再次对各级领导及有关方面给予的关心支持表示感谢。让我们共同携手，以王娅为榜样，弘扬新风正气、坚守大爱初心、凝聚善行力量，努力在全社会形成向上向善的良好风尚，以崭新的面貌、崭新的作为迎接新中国成立70周年！

追思没有停止，爱心继续传承。

王娅的生命之光依然熠熠闪耀在六盘山巍然高耸的山峰之巅，撒向社会的各个角落！

第五章

生命如此美丽

最后的死去和最初的诞生一样，都是人生的必然，最后的晚霞和最初的晨曦一样，都是光照人间。王娅最后的晚霞照亮了寒门学子求学之路，使她的光辉更加灿烂辉煌。

“超燃”“燃爆了”“ 燃创意”……不知不觉间，“燃”成为流行词。什么是“燃”，雄浑激越的音乐、精彩纷呈的电影大片、紧张刺激的赛事、令人血潮奔涌的演讲、能量的充分释放……在某种意义上，能让世人心潮澎湃、激情似火的事物，都可喻之为“燃”。

人们欣赏“燃”、点赞“燃”，正因“燃”代表着一种昂扬向上的状态，洋溢着一种燃尽自己、无私奉献的火热情怀。王娅正是找到了自己生命的“燃”点，点燃内心的火焰，从而让“燃”的状态恒久持续。只有充分、恒久燃烧的生命，才会如此美丽。

王娅之所以能找到自己生命的“燃”点，是因为她在人生旅途中偶遇了一个关键的人物，他就是兴华青少年助学基金会陈章武理事长，曾出任清华大学经济管理学院党委书记、常务副院长。他像一支燃烧的精神火炬，引导着王娅在捐资助学的征程上，毫不迟疑地朝前走着，一直到她的生命终点。陈理事长对于中央各大媒体宣传王娅引发的“超燃”现象，也开始了他有关人性命题的深度思考。

2019 年 3 月 17 日上午、4 月 5 日夜晚，笔者有幸先后两次同陈章武理事长进行面对面的访谈，长达 9 个半小时的马拉松式采访，他毫无一丝倦意，侃侃而谈。

笔者：在采访中了解到，您是王娅生前最为敬重的一个领路人，请问您是什么时间认识王娅的？

陈理事长：大约是3年前的一个早晨，我打开电脑第一次接收到王娅女士发来的电子邮件，她讲述自己是在报纸上看到清华大学炭火教授赵家和捐资助学的故事，从而萌生出联系兴华青少年助学基金会的念头。当她知道我们基金会至今没有一名专职工作人员，把爱心人士的每一分钱都送到寒门学子手中，开始对基金会有了初步信任。她一次捐出6000元，帮助一名寒门学子完成高中阶段的学业。

笔者：您能回忆一下第一次跟王娅见面的情景吗？

陈理事长：我本人跟王娅女士第一次见面是在2017年的2月，当时基金会邀请她参加中央电视台《朗读者》栏目赵家和故事的拍摄，请她出镜，她却婉言谢绝。后来，她也来到了拍摄现场，就在拍摄棚内，那是我们第一次见面，她还见到了赵家和教授的老伴儿和女儿，对兴华青少年助学基金会进而有了更深入的了解，她觉得自己做得还太少，幸亏没有答应出镜。自此我也对王娅女士有了进一步的了解和尊敬。

2017年的8月，基金会邀请她参加大学阶段兴华助学金候选人的评审工作。本来以为我们可以长久地共同走在爱心助学路上，但不幸的是，2018年初春，病魔开始侵蚀王娅女士的肌体，她清醒地知道自己剩下的时间不多了，进而加快了奉献爱心的步伐，一次捐赠了3万元。2018年8月，她觉得时日不多，恳请再一次到兰州参加大学阶段兴华助学金的评审活动，三天的愉快工作与生活，让她下定决心，要把所有的遗产都捐给兴华青少年助学基金会。

后面她的病情不断地恶化，我同杨志明老师多次跟王娅女士会面，在平静而豁达地反复讨论后事的过程中，又把相互之间的信任推向了一个新的高度。

笔者：您多次提及王娅的一生，这也在拷问我们一个重要的人生命题，什么是人性？您是资深的经济学家，曾借助哈佛大学的学者最新研究成果来阐释这一深奥命题，我深感您的论述精辟透彻。而我是一个作家，向来推崇孔孟之道的最大贡献在于阐释人性的真相，圣人使用生动的比喻，如火之始燃，泉之始达，引领我们感悟人性的动态力量，揭示人性向善的微言大义。人确实需要认真修养，尤其是需要像王娅那样做到知行合一，否则人性未能伸展，向善之力也无法成就人性达到辉煌的顶点，只有人类拥有仁义礼智信的人性，向善之心才能找寻到由内而发的幸福快乐。

陈理事长：您所言极是，孔子、孟子都是古代伟大的思想家，正如他们预言的那样，人性的光辉永远在我们的头顶闪耀。人类先哲都主张人类最为原始的初心是为普通大众谋幸福，世界上所有的宗教无一不提倡人们不能太自私，要行善利他。伟大导师马克思纵论四海之内皆兄弟，哈佛大学著名生物学家威尔逊研究人究竟是什么样的人，人性真的是那么自私的话，人类早就灭亡了，因此认识王娅的人性之美与生命价值很有必要。我们应该认识到王娅为什么会有奉献他人的善举，人性是什么，人到底该做什么样的人，她是平凡中的伟大，不要把她包装成高高在上、不食人间烟火的神。王娅女士的可贵之处，在于她是一名普普通通的平凡女性，她捐资助学的善举，人人都可学，人人都能做得来，她不是酒足饭饱后的施舍，而是掏出一颗金子般纯净的心灵，温暖着大山里的众多寒门学子，她活出了中国人最温暖的样子。我们可以这样评价：王娅女士的生命之花最为美丽，真正是生如夏花般绚烂，死如秋叶般静美。

笔者：王娅跟随您先后两次深入甘肃的大山之中，走访贫困学生家庭，其艰辛程度可想而知，王娅是身患重病，您是70多岁高龄，我由衷地向王娅女士致敬，向您致敬。

陈理事长：王娅女士生命之顽强令我们钦佩不已。这些年，兴华青少年助学基金会爱心团队凭着王娅那样的精气神，在黄土高原千沟万壑，在祁连山麓丘陵荒漠，在大巴深山峭壁陡坡，跋涉的行程累计超过4万公里，相当于走了3.2个长征路，先后召开150余场学生、老师、家长互动座谈会，参与人数超过1万人次，走访了220户贫困学生家庭，这里就有王娅女士的足迹。

笔者：兴华青少年助学基金会白瑞刚秘书长介绍，国网天津市电力公司全体员工学习王娅捐资助学行动，近万名员工共捐赠了157万元，这些爱心款计划怎样支配使用？

陈理事长：兴华青少年助学基金会将把这部分爱心款用在未来三年甘肃平凉市灵台一中新入学高一年级的寒门学子身上，每年50名，以及2名2018级目前高一第二学期的学子，每人每学期1000元，原则上直到完成高中阶段的学业，合计将是91万元。另外66万多元，用在未来三年，在我们兴华助学对象中考上大学的30名寒门学子身上，平均每年10名，受助候选人通过一定的程序，接受专门评审委员会遴选，我们欢迎国网天津市电力公司派代表参加评审委员会参与遴选。获得资助学生的本科期间，每人2万元，逐年发放，帮助他们顺利完成大学本科阶段的学业。余额1798元2角，由甘肃兴华青少年助学基金会统筹使用。

笔者：您认为王娅动人的爱心事迹给了我们哪些启示？

陈理事长：王娅女士是一名普通的退休女工，就生活在千千万万普通人中间，她用自己的行动诠释了爱心的真谛、慈善的真谛。慈善不是有钱人的专利，不是富豪们的施舍，更不是罪人犯罪后的心理救赎，它就是普通人帮助普通人，相互之间的关爱，核心在于奉献，不去追求回报。这是真正的人间真情大爱、真爱。人人可做，人人能做。

做好事关键在坚持，坚持成习惯，习惯成自然。王娅女士30多年如一日，关爱集体，关爱他人，关爱社会，一直不张扬，默默地奉献。做了好事，是那么的自然，那么的平凡，平凡中又透露出一点伟大，奉献爱心成了自觉的行动。

王娅女士的所作所为让我思考了很多，据进化生物学的最新证据表明：进化动力意味着在群体中自私的人战胜了利他的人，但这些利他者的群体战胜了利己者群体。

人类从地球生物链的中端进化到生物链的顶端，说明人类天生具有利他主义和公平意识等亲社会的倾向。利他应当是，或者说同样是，人性的光辉。人们都说：最后的死去和最初诞生一样，都是人生的必然，最后的晚霞和最初的晨曦一样，都是光照人间。王娅最后的晚霞照亮了寒门学子求学之路，使她的光辉更加灿烂辉煌。

王娅的故事正是我们提倡社会主义核心价值观一个极好范例。我们永远怀念这位可敬可亲的新时代“中国好人”。

第六章

为温暖光明而来

你是历史凝成的一粒电光

你是祖先遗传的一星炭火

从地球的深处走来

从艰难困苦中起来

为中华民族的未来燃烧自己

四月的京城，春光明媚，激情满怀。笔者与著名诗人马行、董玮以《为温暖光明而来》为题，铿锵三人行吟，汇成歌颂王娅的恢宏交响：

你是历史凝成的一粒电光
你是祖先遗传的一星炭火
从地球的深处走来
从艰难困苦中走来
为中华民族的未来燃烧自己

你是为温暖而来的
你是为光明而来的
高擎生命之火
一路燃烧着往前走
燃烧的生命如此美丽
如同蓝天让彩虹浪漫
如同沃土让青草碧绿

我们吟唱岁月悠悠生生不息
我们赞美厚德载物久久远远
燃烧的生命如此灿烂
在于春晓和煦的暖风
在于夏日绚丽的花朵
在于秋天金黄的稻穗
在于冬季飞扬的瑞雪

“位卑未敢忘忧国”
纵然你是一棵小草
也要为祖国添上一丝新绿
你是巍巍昆仑山上一棵草
于岩石嗞缝中钻出躯体
那么纤细柔韧
摇摇晃晃
你是在学习挺立
慢慢地成长
昂然屹立天地间
迸发生命芳华
你是天空一缕彩霞
要把眼前的海河映红
染成一条城市的红飘带

请相信一些遥远的存在

就像相信一切沉默的诉说
你走了融入春雨无声
每个日出日落难以忘怀
一个有着春天般笑容的人
当端详你满脸笑容的照片
能感受到春风一样的力量
能感受到春天里的暖阳
能嗅到鲜花的芬芳
因无所保留，而将所爱
超越生死，释放如缕暗香

这些天，风是清的
梨花带雨，燕雀催醒
人世间曾有无数个迎面而来
又转身离去的人
原谅我
在你离去时才结识你
“热忱地爱着这个世界的人
才真正地活过。”
这时，我又看到了你
并相信在与星空的对视
在敞开金色秋菊的黄昏中
我感知到了你——王娅
原谅我

在你离去时认识你
一个雨水般慷慨的人
化为阳光纯粹品质的人

有的人走了，会让你看到——
她依然带着又一个春天的问候
永远都是她那春天般微笑的模样

春天，一抹云飘进我的心里
高高的前额叶内
翻滚着各种情绪
以致我幽黑的眼眸
蕴化出一场场春雨

春天，一朵花开在了我的心里
左心房与右心房之间
流淌的情绪微妙而深刻
以致我颤抖的手指
险些捧不住春天的希翼
心灵在震撼
震撼于你的笑容带来的温暖
你的笑容能放射出春天七彩阳光

春天，一腔感怀游在我的心里

血管的洪流中
我与岁月相视良久
倾听灵魂深处声声的呼唤
以致我的舌尖
除了思念
除了对你的深深思念
再也吐不出别的话语

你的心脏在助学路上戛然停止跳动
受助孩子们宁愿相信这不是真的
如同玉兰谢后樱花开
樱花凋零后牡丹怒放
唯有你的精神之花永不枯萎
你一生所作所为都想让别人知道你的感受
帮助他人是件快乐的事

春天的甘肃塬畔
远望苍莽逶迤
近观翠绿如毯
依塬而建的村庄静静地躺在山谷的弯道里
孩子们忆起你嗓音哽咽
透着浓郁西北方言的“俺王娅奶”
仅仅这几个字贯穿了关于你的一切
仿佛你是一位至今不曾离去的家中之人

你生命的最后日子
脑海里萦绕着的却是大山深处孩子们的朗朗读书声
忍受住锥骨的病痛
你依旧微笑如春风轻拂
你安静地走了
不是给世界留下一个冰冷的背影
而是在冰天雪地里留下一堆篝火
为寒门学子留下无尽的温暖与光明

清明时节雨纷纷
在怀念你的追思会上
伴随你遗像的是泪水和哭声
孩子们长跪不起放声大哭
哭声震天动地不绝于耳
年少的身躯匍匐在地
亦步亦趋朝着你的遗像爬去
泪水和着鼻涕糊满面颊
他们全然不顾
唯有痛哭方能表达内心的悲伤
在场的人无一不为之动容泪流满面
孩子们多么想用自己的哭声
唤回逝去的你
跟慈祥的你拥抱
拉着你的手诉说衷肠

当孩子们发现这一切真的不可能再现
人死不能复生
哭声更响更悲
痛哭声一阵响似一阵
感天动地
苍天好像也被感动
天空惊雷炸响大雨纷纷
仿佛是天人同悲
如此这般的人间真情
是何等的壮怀激烈

春天来了，你却要远行
你就像光一样
倏地飞往天上
天上从此多了一颗星星
名字叫“天使星”

死神来临的时候
你微笑着
伸出了手
你是那样从容
你就像光一样

你是一个电力工人

虽然你退休了
但电是不会退休的
爱更不会退休

你要用生命
帮助星星在夜里闪光
你要用信念
让星空成为新时代的传奇

你散尽万贯家财助学看上去一无所有
其实，你什么都有
你有河流、微风与微笑
还有迎春花的梦

是的，在绝症与病魔前
你是那样从容
因为你知道
阳光是永在的

草叶之上，露珠晶莹
你要留住希望，留住春天
留住人世间
永远的暖

你就这样走来
又走远
即使在群峰之巅，白云之间，你也依然是那个平凡的电力工人
你就像光一样

繁花盛开的春天
也是繁花凋谢的季节
是否有一朵花
能击败这个春天，而永远绽放
那就是你
你用大爱之心铸就的微笑
就是那一朵永不衰败的花朵
在无边的黑夜里
你的美可以击落满天星辰

如果天上真的有天使
长着翅膀的美丽神灵
如果有诸神
我相信，你比他们都要崇高和圣洁
捐出金钱
捐出鲜血
捐出所有的时间
给那些无比需要的孩子
谁说死亡就是消亡

捐出最后的自己
让死亡有了温度
为生命重新命名

所有生命的开始
不过是几斤几两
离开时，你却是最轻盈的那一个
轻过了云朵，轻过了荷花的花瓣
轻过了每一缕春风
轻盈到了一无所有
只有这样的轻盈，才是重过了泰山
只有这样的轻盈，才是胜过风雨不动安如山的巍巍昆仑

你走了
一位普普通通的善良女性
一位无比伟大而又无比平凡的慈祥母亲
一位无比优秀的中华儿女
就这样离我们而去
你知道吗
在你走后的这个春天
有花瓣开始飘落
请允许我们，裁取今晚最白的月光
披在身上，送你
请允许我们，动用整个春天的花朵

用这花开的美丽和花落的悲伤，送你
请允许我们，吸干东海的波涛写成赞歌，送你

你走了，留给我们那么多的悲伤和不舍
那么多被你救助过的孩子
失去了胜过亲生母亲的你
你听啊，一声又一声
“妈妈，妈妈呀……”
还在风中走走停停
你看啊，一场又一场春雨纷纷
正悄无声息下在祖国四月的大地上
而此时的天空，因你的离去
多出了一条巨大的伤口

在这个春天的午后
地里继续抽穗的麦苗
又高了一寸
你离去后的这场雨
和我们思念的眼泪
在麦芒上，闪着钻石般的光芒
当我们抬头看见洁白的云朵
当我们再次看见那些落花的从容
我相信，我们都相信
你已经无处不在

倾囊助学一无所有的你
这一刻
已经和祖国、天空、大地
还有我们，紧紧拥抱在了一起

第七章

人性的光华

她用自己的全部生命来做善事，那浩然一身的正能量，正在涤荡亿万国人的心灵。

王娅的生动事迹感动天津，感动中国，她用自己的全部生命来做善事，那浩然一身的正能量，正在涤荡亿万国人的心灵。中央各大新闻媒体、新媒体、新闻客户端、自媒体平台等积极宣传，累计发布新闻500余篇，转发超过3100万次，新闻点击量达4.6亿余次，点赞超过8900万次，迅速在全社会掀起了缅怀王娅、学习王娅的热潮。

笔者点击宣传王娅的新闻，摘录部分网友的最新跟帖，字里行间闪耀着璀璨夺目的人性光华。

网名“知情者”的网友跟帖：“赞赞赞，缅怀王娅，致敬王娅，她毅然捐出毕生积蓄和房产助学，捐赠遗体，真是好样的，她当选‘中国好人’当之无愧！”

网名“予你深情”的网友跟帖：“王娅30多年如一日捐资助学，用生命之火点亮人间大爱，她只是一名平凡的退休女工，她做到的善行，我同样也能做到，我要学习王娅，传递她手中的爱心接力棒，我也要给兴华青少年助学基金会捐赠6000元，资助一名正在读高中的寒门学子。”

网名“北纬30度”的网友跟帖：“我是一名大学一年级的学生，读了新闻报道中王娅奶奶的遗书后，泪水夺眶而出，打湿了手中的报纸，她在生命的最后一刻写道：‘我一生行善良，每念及此，终觉欣慰之至，此生无憾。’多么崇高、神圣的炽热情怀啊！”

网名“新星”的网友跟帖：“我是一名受到资助的寒门学子，最为敬佩王娅奶奶生前扶智更要扶志，我要以顽强的意志同艰难困苦做斗争，要像她那样带给世界温暖，送去人间光明，做一名对社会有贡献的人。”

网名“一缕阳光”的网友跟帖：“王娅燃尽自己，把个体的助人情怀转化为人间大爱，用真情散尽万贯家财，资助寒门学子实现求学梦想，感人肺腑，震撼人心，为全社会展现出人世间‘最温暖的样子’，是名副其实的‘最美国网人’。”

网名“舍得”的网友跟帖：“王娅所在的企业带给我们巨大的心灵震撼。她的事迹所带来的辐射引领作用堪称是无与伦比的，国网天津市电力公司近万名职工学习王娅自发捐款157万元，这是榜样的强大精神力量，感天动地，值得为这样有爱心的电力铁军点赞！”

网名“一江春水向东流”的网友跟帖：“王娅像一支燃烧着的蜡烛，彻底燃尽自己烛照人间。王娅的精神与我们同在，让我们传承王娅的精神，学习王娅的风范，努力做到忠诚人民、服务社会、报效国家，以优异的成绩向新中国70周年华诞献上一份厚礼！”

网名“皇冠”的网友跟帖：“‘人生自古谁无死，留取丹心照汗青。’王娅死得其所，生命重如泰山，她默默奉献他人、奉献社会的人生，促使我开始思索什么是生命的意义，还有什么是生命的价值所在……”

网名“老陈”的网友跟帖：“看了央视对王娅助学先进事迹的报道，心生敬佩之意，特赋诗一首：《悼王娅》

追踪采访王娅忆，天使爱心人世尊。
生如夏花容灿烂，逝如秋叶舞忠魂。
千金散尽授学子，万贯捐净助草根。
点亮寒门求学路，感天动地耀乾坤。”

网名“维纳斯”的网友跟帖：“想开了人生就是这样，空手而来空手而归。人生不在于你活多久，而在于活的过程中为社会贡献多少。愿尝尽人间烟火的我们仍有一颗纯洁无尘的心灵，守望人性如初的美丽。”

网名“投之以桃”的网友跟帖：“王娅用自己的一生，为寒门学子点燃了远方希望的灯火，用大爱温暖整个人间，大爱无疆，仁心立德。”

网名“玉石”的网友跟帖：“王娅向你学习，善良的人，自带光环。”

网名“浩瀚太海”的网友跟帖：“一个人的价值，应该看她对社会贡献什么，而不应当看她索取什么，向倾其全部家产助学的王娅致敬，给予总是比索取快乐，愿你在天堂永远都快乐。”

网名“一世逍遥”的网友跟帖：“致敬王娅，生如夏花，死如秋叶。有人一辈子庸庸碌碌毫无贡献，有的人一生没有白白活过，王娅燃尽自己的人生点亮了别人的前程，致可敬可爱的‘平民英雄’王娅，你永远活在我们心中，有的人死了，她还活着，王娅还活着。”

网名“海河赤子”的网友跟帖：“王娅 30 多年如一日坚持捐资助学的先进事迹，正是我们提倡的社会主义核心价值观的一个极好的范例，今天得知她荣登 2019 年‘中国好人’榜，正好是对可敬可亲、平凡而伟大的平民英雄王娅女士最好的纪念。”

网名“金泰绿洲”的网友跟帖：“做好事贵在坚持，坚持成习惯，习惯成自然。王娅女士 30 多年如一日，关爱集体，关爱他人，关爱社会，一直低调做人从不张扬，默默地奉献。做了好事，是那么的自然，那么的平常心，在日常的平凡之中透露出一点伟大，奉献爱心成了自觉的行动。”

网名“水本葱花”的网友跟帖：“王娅是中国产业工人队伍的杰出代表，她的心田美丽善良。人的心地就像一亩田，若没有播下好的种子，也长不出好的果实来。王娅播下的捐资助学的好种子，她在金色的秋天能收获好的果实。有人点灯求光明，其实真正的光明在我们心里，王娅是我们人生的一盏灯塔，给我们带来温暖与光明。”

附 录

附录一

关于开展向“中国好人”王娅学习活动的通知

能源化学工发〔2019〕11号

各省、自治区、直辖市能源化学地质系统对口产业工会、各大企业工会（工委）：

国网天津市电力公司已故退休职工王娅的感人事迹经媒体广泛报道，引发社会各界高度关注，产生强烈反响。王娅的事迹质朴无华、感人至深，她是全国能源化学地质系统涌现出来的践行社会主义核心价值观的道德榜样，体现了中华民族崇德向善、无私奉献的传统美德，反映了新时代产业工人崇高的道德情操和精神风貌。王娅在2019年第一期“中国好人榜”中名列榜首。中央领导同志及相关部委主要负责同志分别就王娅事迹作出批示。为引导全国能源化学地质系统广大干部职工深入学习贯彻习近平新时代中国特色社会主义思想和党的十九大精神，积极践行社会主义核心价值观，共筑“中国梦”凝聚精神和道德力量，中国能源化学地质工会决定，开展向王娅学习活动。

向王娅学习，要学习她恪尽职守、忠诚担当的专业精神。王娅，1976年成为一名电力工人，1986年进入天津高压供电公司（现国网天津检修公司）工作，先后在220千伏北郊变电站、海光寺基地站任值长，

2002年5月退休。在王娅的职业生涯中，始终坚持学习，求知探索，勤奋钻研电力专业技术。她参与编写的《电力系统运行技术问答》作为变电运行专业培训的基础教材，在全国电力系统使用了十几年，她参与主持编写的《监控中心现场规程》等技术规范，在天津市电力公司变电运行管理中发挥了重要作用。她爱岗敬业、恪尽职守，始终坚守变电运行一线，一丝不苟落实各项工作要求，累计执行操作票3100多张无差错，仅在退休前的一年时间里就发现并紧急处理了7次设备缺陷，实现26年安全生产无责任事故，展现了一名优秀变电运行职工的风采。

向王娅学习，要学习她扶弱济困、舍己助人的高尚品德。王娅积极参与无偿献血、捐款捐物等活动，用大部分积蓄捐资助学，情暖寒门学子。1989年“希望工程”刚刚发起时，月收入不足200元的王娅就捐出100元。从1998年抗洪救灾到2008年汶川地震，从南方水灾、西南旱灾到青海玉树震灾、甘肃舟曲地质灾害，从中国教育发展基金会到天津市慈善基金会，王娅爱心捐赠的足迹从未间断。退休后的17年里，她把捐资助学当做毕生心愿，累计捐赠23次以上，她用善心善行弘扬社会公德，生动诠释了志愿精神，善行天下，大爱无疆。

向王娅学习，要学习她淡泊名利、大爱无声的人格力量。王娅为人谦和、不慕名利，她的慈善之举在退休多年之后才为人所知。她尊重每一个受捐助者，处处为别人着想。中央电视台《朗读者》邀请她录制公益节目，她到场支持但婉拒出镜，说“不要给孩子们带来心理负担”。当时一名受助学生就坐在她身后，她始终不肯相认。在她病重时还跟随兴华青少年助学基金会远赴甘肃山区家访，浑然忘记病痛折磨。她朴实无华的仁爱之心、默默无闻的奉献之心，体现出一名普通工人的高尚品行。

向王娅学习，要学习她无私忘我、奉献社会的价值追求。王娅一生粗茶淡饭、节衣缩食，得知身患绝症后决定放弃治疗把节省下来的医疗费、名下唯一房产和自己的遗体无条件捐出，奉献出全部的光和热。在生命的尽头，她说“我一生行善，每念及此，终觉欣慰之至，此生无憾。”她燃尽自己，把个体的助人情怀转化为人间大爱，用真情资助寒门学子实现求学梦想，感人肺腑、震撼人心，为全社会留下了宝贵的精神财富。

各级工会要将学习王娅先进事迹与即将开展的“不忘初心、牢记使命”主题教育结合起来，与产业工人队伍建设改革结合起来，与庆祝新中国成立70周年系列活动结合起来，采取多种形式广泛组织学习宣传，推动王娅的感人事迹和高尚品格广为人知、深入人心，引导广大职工对标先进、见贤思齐，迅速掀起向王娅学习热潮。广大职工要深入学习王娅先进事迹，以实际行动诠释社会主义核心价值观，以更加昂扬的精神状态、更加务实的工作态度，守正创新、担当作为，勇做新时代的奋斗者和追梦人，加快推进我国经济向高质量发展阶段转型升级，以优异成绩迎接新中国成立70周年为决胜全面建成小康社会、建设社会主义现代化强国作出新的更大贡献！

中国能源化学地质工会全国委员会

2019年5月24日

附录二

这才是真正的“裸捐”

（2019 年 2 月 18 日 央视新闻）

2018 年 12 月，央视新闻曾经报道过 66 岁天津退休女工王娅 30 年来坚持捐资助学的故事。

昨天（16 日）夜里，这位放弃治疗，捐出房产继续助学的平凡退休女工王娅离开了我们。按照她的意愿，在她去世后，亲友们为她办理了遗体捐献的手续。

王娅生于 1952 年，是国网天津市电力公司的一名退休职工。16 岁时曾到内蒙古五原县插队，后来在河北省的一个县城当了一年民办教师。农村孩子对知识的渴求，给王娅留下深刻印象。

1989 年，希望工程正式设立，王娅立刻捐出 100 元，当时她的工资还不足 200 元，捐出的是她月工资的一大部分。

此后，她的爱心捐赠从未间断：汶川地震、南方水灾她各捐款 2000 元、甘肃舟曲地质灾害她又拿出 4800 元……中国教育发展基金会、天津市慈善基金会，也都留下她持续不断的爱心捐赠足迹。

这些年到底捐了多少钱，王娅自己也不知道。王娅曾说：“我就是个普通人，做的这些事实际上很普通，没有什么……当你看到有人需要帮助的时候，有大的能力就多帮点儿，小的能力就少帮点儿，反正是尽力去帮。”

2016年，王娅偶然看到清华大学教授赵家和成立基金会，捐助甘肃贫苦学子的报道，深受感动。她马上搜索网络了解到，兴华青少年助学基金会主要捐助甘肃贫困学生完成高中学习，一次性捐款额为6000元，正好是高中三年的学费。

王娅立即给基金会发去电子邮件，询问账务公开情况。不久，她就收到了基金会理事长陈章武教授的回信。信中，陈章武的一句话坚定了王娅通过基金会捐资助学的信心。“他说‘我们没有专职人员’，就这一句话，我就告诉陈教授，我终于找着了，我要早知道，早给捐了。”

随后，王娅很快将6000元助学金打入兴华青少年助学基金会账户。这样的举动让陈章武记住了这位普通的天津退休女工，因为基金会的捐赠者大多数都是陈章武教授熟识的朋友和同事，像王娅这样没见面就直接捐钱的并不多。

甘肃灵台一中的高一学生白云成为王娅的捐助对象。2017年3月，央视《朗读者》节目纪念赵家和教授的录制现场，陈章武第一次见到了王娅，王娅也第一次见到她资助的学生白云。

陈章武回忆说：“那天在拍摄现场，我想请王娅女士作为爱心人士的代表上台出镜，可她坚决不同意。王娅女士跟我讲，见到那些孩子我就心满意足了，不要让孩子们有什么负担。”

这次录制节目的经历，让王娅深受感动和震撼。2018年年初，王娅计划着再拿出一笔钱，多捐助几个孩子。然而2018年3月份，王娅被查出患有胰腺癌。病魔来势汹汹，王娅在积极配合医生治疗的同时，也做好了最坏的打算，她要在死神降临前加快捐资助学的脚步。

为了一个未了的心愿

2018年5月，王娅为基金会汇去了准备好的3万元捐款。2018年6月，王娅又萌生捐出唯一一套房产、资助更多西部贫困学子的想法。“我这一辈子就挣了30多万，但是房子值100多万，可帮助更多的孩子。”

半年多的时间、经过四个疗程的化疗，1米6左右的王娅体重骤减到70斤左右，头发大量脱落。就在医生为她会诊下个疗程的治疗方案时，王娅却决定：停止昂贵的化疗治疗，用节省下来的钱帮助更多的贫困学生。“我产生耐药性挺快的，第四个疗程结束了，药效在逐渐降低，而副作用在一次次的化疗中叠加。我越来越没劲儿，越来越吃不下东西。放疗时间又长，又痛苦，效果又不见得好，最后我想了想，放弃了。”

在生命倒计时之际，王娅心中牵挂的是那些西部的孩子。此时，她还要完成一个未了的心愿，那就是捐出自己的房子。但是，要把房子捐赠给一个基金会，天津还没有先例。

地税局、房管局、公证处……能去的地方，王娅的同学都帮着去了解。几经周折，王娅在天津北方公证处一位姓段的公证员的帮助下，起草了文书，办理了身后捐赠遗嘱公证。

但很快，王娅又反悔了，她要把身后捐赠变成生前赠予，因为她担心自己去世以后还会有签字等诸多手续，给房产捐赠带来麻烦。“这样可以尽可能地减少不必要的麻烦，让钱能顺利用到孩子们身上。但当时国家出了新规定，公证处不给个人办理这种业务。北方公证处的段公证员又接着帮忙想办法，让律师在遗嘱上签字，进行证明。最后终于办成了，心放下了。”

几经努力，生前捐赠终于成功办理，王娅这套70平方米的住房，在她生前就赠予了兴华青少年助学基金会，这也是她唯一的房子。

有人劝她，病魔无情，要留下足够的治疗费用。可王娅总是说，自己有钱，别担心，实际上，她连救命的药都嫌贵。

除了在生前捐房助学，王娅还签署了遗体捐献协议，连仅有的躯体也全献给了医学事业。

资助的学生就像自己的孩子

多年来孑然一身的王娅没有子女，王娅说这是她人生的一个遗憾。至今已经资助多名学生的王娅说，这些学生就像自己的孩子一样，她最大的希望就是孩子们能靠知识改变命运，学成后回馈家乡，为祖国做贡献。

一封来自白云的信上这样写着，“亲爱的王奶奶，我一直记得您的话，要努力使自己活得有意义，在生活中也尽可能帮助别人”，信的落款是“您远在西宁的孩子白云”。

如今，王娅离开了我们，她燃尽了自己，却照亮了寒门学子的求学之路，她的这份善良也将烛照人间。

附录三

我们送别王娅！这是她绚烂一生获得的最后一张证书

（2019 年 2 月 21 日 新华网）

昨天上午 9 点 30 分，天津市安泰殡仪服务有限公司红桥服务站内，哀乐低回、素菊含悲。天津市红十字会、中共西青区委宣传部等单位联合举行“奉献者生命礼赞——王娅缅怀告别仪式”。王娅的家属及同学代表、单位代表、热心群众等都自发前来，送她最后一程，为这位彰显生命意义的先行者和礼赞者寄托无尽哀思。王娅一生奉献，曾获爱心证书无数，在这场告别仪式上，天津市红十字会向王娅的家属颁发了王娅公益之路所获的最后一张证书——《遗体捐献证书》。

王娅同志，1952 年 4 月 16 日，出生在天津一个幸福的家庭。曾下乡插队、从事教育事业，1976 年成为一名电力工人，2002 年退休于国网天津市电力公司检修公司。工作的 26 年间，曾担任北郊 220 千伏变电站值长、海光寺基地站值长，她兢兢业业、一丝不苟，默默地坚守在变电运行的岗位上，从未发生过安全责任事故。她不仅用她的工作点亮了万家灯火，更因其行动触动了亿万群体的心灵。

王娅是一位普通人，但在很多寒门学子的心中，她又是如此不凡，是无数人眼中象征希望的暖阳。2019 年 2 月 16 日，散尽家财、涓滴未存的王娅走了，根据她的遗愿，她通过天津市红十字会将遗体捐献出来，用自己最后的力量，铺就人类健康和医学进步的阶梯，成为天津市2019年第19位遗体捐献者。

2016年11月，王娅在天津市红十字会办理了遗体捐献登记手续。在工作人员的记忆中，她瘦弱、和蔼、开朗，那时的王娅已坚持捐资助学助困20余年，但她依然在自己的人生词典中不断拓展着“奉献”的含义，志愿在身故后捐献遗体，为祖国的医学教育、科学研究做出贡献。

2018年3月，王娅被确诊为胰腺癌晚期，面对无情命运。她却豁达以对，身体每况愈下之际，她却决定放弃治疗，并捐出唯一一套房产，用于继续助学。

2019年2月16日22时31分，与病魔顽强抗争近一年的王娅走完了67年的人生旅程。为实现老人最后的心愿，天津安泰殡仪遗体捐献志愿服务队第一时间赶赴医院接收遗体，进行遗容整肃工作。

告别仪式现场，来自王娅生前所在单位——国家电网天津市电力公司、甘肃兴华青少年助学基金会、西青区中北镇政府、天津医科大学的代表致悼词，深情回忆、悼念他们心中的王娅。天津市红十字会党组成员、副会长于慧斌向王娅的家属颁发了《遗体捐献证书》。

仪式结束后，前来为她送行的人们目送着承载老人灵柩的车驶出服务站，王娅的遗体被送往天津医科大学，作为一名“无语良师”，为医学教育事业做最后一份贡献。

王娅用实际行动诠释了中华民族传统美德，把自己全部融入人间大爱，燃尽自己，照亮他人，是“最美国网人”，她的无私奉献，烛照人间。国网天津市电力公司也将筹划组织一系列爱心捐助活动，把王娅未尽的事业继承下去，把她的精神发扬光大。

附录四

王娅：一生行善，此生无憾

（2019 年 2 月 22 日 人民日报 第七版）

王娅，一个普通的名字，连日来在天津市民口中传颂。

王娅是天津市一名普通的电力退休职工，她致力慈善事业 30 余载。今年 2 月 16 日，与胰腺癌抗争了 11 个月的她静悄悄地走了。在弥留之际，王娅听说资助的学生家里发生变故，不仅从治疗费里拿出 2000 元捐赠，还再一次和甘肃兴华青少年助学基金会签订了 20 万元的债权捐赠协议。2 月 20 日，王娅的遗体告别仪式上，天津市红十字会向王娅的家属颁发了她公益路上获得的最后一张证书——《遗体捐献证书》，她成为今年天津市第 19 位遗体捐献者。

王娅从 1985 年开始致力于慈善事业，30 余年奉献爱心、捐款捐物，从西南旱灾、青海震灾、南方水灾、希望工程到汶川地震，处处都有她留下的爱心。清华大学已故教授赵家和倾毕生积蓄捐助西部贫困孩子的故事，让王娅深受感动，随后她通过甘肃兴华青少年助学基金会资助西部地区多名贫困学生。去年 3 月，当 66 岁的王娅得知自己罹患胰腺癌后，放弃使用昂贵的化疗药物，却向基金会捐款 3 万元，更将名下唯一一套房产无条件捐出用作助学。

王娅在遗赠书里写道:“我一生行善，已将生前主要财产捐赠，帮助了很多贫困的孩子，而今卧于榻上，每念及此，终觉欣慰之至，此生无憾。”

附录五

王娅荣膺2019年度“中国好人”称号

2019年2月26日，中央文明办发布2019年1月“中国好人榜”，共有105位助人为乐、见义勇为、诚实守信、敬业奉献、孝老爱亲的身边好人入选，西青区已故退休女工王娅上榜，获评助人为乐“中国好人”。

王娅事迹

30年来一直坚持捐资助学的天津退休女工王娅，于2019年2月16日22点31分离开了我们，按照王娅的意愿，在她去世后，亲友们为她办理了遗体捐献的手续。

居住在西青区中北镇的王娅是天津市一名普通的电力退休职工。从1985年开始，她就走上了爱心公益之路，并默默坚持了30余年，从西南旱灾、青海震灾、南方水灾、希望工程到汶川地震，处处都有她爱心善举的足迹。此外，她还常年无偿献血，并于2016年签署了遗体捐献协议，将自己的仁爱之心从生前延续到生后。

事情要从3年前说起。2016年7月，清华大学已故教授赵家和老师倾毕生积蓄1500余万元捐助西部贫困孩子的故事感动了很多人。王娅知道此事后，通过甘肃兴华青少年助学基金会开始资助西部地区多名贫困学生。先是汇去6000元，资助了甘肃一名高中生3年的生活费。随后她又捐出6000元捐助了另一名学生。王娅说:“虽然我没有孩子,没有接受过高等教育,但是我知道教育是非常重要的事,因为孩子是未来。”除了给予孩子们物质上的帮助,王娅更希望的是,因为这些资助,孩子们能自由地选择自己想做的事。有一次,王娅资助的一个孩子给她写信,说高考时想要报考师范专业。一向怕打扰孩子学习的王娅着急了,她怕是因为钱绊住了孩子追逐梦想的脚步。她想方设法找到了孩子妈妈的手机号,告诉那个孩子:“你想学什么、学到哪儿,我都资助你。”当听到孩子说就是喜欢当老师时,王娅的心才放下。

熟悉王娅的人都知道,她在生活中是个“手紧”的人,客厅唯一的电器就是一台34寸的电视机,身上的衣服和包都不超过百元,连医生的出诊费,她都要讨价还价,唯独在慈善助学方面从来没有犹豫过。可就是这样一个铆足劲做公益的人,却没有得到老天爷的眷顾。

2018年4月的一天,王娅约好和基金会工作人员一起去甘肃考察受助学校,然而一向守约的王娅却“失联”了。直到几天后,基金会的工作人员才收到王娅发来的自己已经去新西兰旅游的短信。可谁也没有想到,这只是王娅一个善意的谎言,此时她已经查出罹患胰腺癌晚期,正躺在天津肿瘤医院的病床上进行化疗。就在化疗进行到第四个疗程的时候,王娅又做出了一个惊人的决定,她要放弃使用昂贵的化疗药物,将本应用于治疗的钱全部捐给贫困学生。用她自己的话说,“我生命的倒计时开始了,最后的心愿还是要帮助更多孩子”。于是又过了几天,一笔3万元的捐款就汇到基金会账户上。不仅如此,王娅为了减少“不必要的麻烦”,将原本打算身后再办理过户的唯一一套房产改为了生前赠予。就这样,她捐出了所有,以求最大限度地实现自己的价值。身边的朋友都劝她,病魔无情,要为自己留下足够的治疗费用,而王娅总是说

“我有，别担心”，可实际上，她连救命的药都嫌贵。“并不是我舍不得用昂贵的药物，主要是药物贵，效果还不好，副作用也让我难以接受，我就不愿意用了，还不如把钱用在孩子们身上。省下治疗费，我愿意多资助几个学生。”这是王娅发给志愿者的一条短信内容。一如她始终如一的朴素与真挚。直到病魔袭来的那一刻，王娅最大的遗憾竟然是，“我再也没有时间参与基金会的活动为孩子们做事了”。

这些年王娅陆续资助了7名学生，帮助他们继续学业。在她的书柜有两个文件袋，里面装满了这些年她从1989年捐给希望工程的100元开始，到给天津市救灾扶贫的5000元，再到给中国教育发展基金会的捐款……七八张保存完好的收据、证书，记录下了她的捐赠之路。她时常会用骨瘦如柴的手掌轻轻摩挲着这些证书，这是她的宝贵财富，看到这些，她才会心安，一如她一直以来的信念：帮助别人，自己也会收获一种幸福。

如今，王娅离开了我们，她燃尽了自己，却照亮了寒门学子的求学之路，她的这份善良也将烛照人间。

后记

爱心正能量

初春的神州大地，春和景明，柳绿花红，生机盎然。感谢中国能源化学地质工会领导和国网天津市电力公司领导对我的高度信任，特邀我采写王娅先进事迹的报告文学。2019年3月中旬，我正式开始了这次高强度的、马拉松式的采访，天南地北，从天津电力到清华大学，直至飞到陇东高原，在千沟万壑的山寨中追寻王娅生前助学的足迹，100多名被采访者为她而聚拢，在一次次与高尚灵魂的接近中，我天天都在经历着心灵深处强烈的震撼。细细盘点，有四次震撼特别之强烈：

第一次特别强烈的震撼是我亲身感受到国家电网天津电力党政组织培育王娅等大典型的土壤是那么的肥沃。王娅能够在天津电力成长起来，而且轰动全国绝非偶然，是与天津电力有着培育楷模榜样肥沃的土壤、适宜的阳光水分空气分不开的，更是天津电力职工队伍听党话跟党走长期以来进行社会主义核心价值观教育的积累分不开的。接连令我震撼不已的是，王娅的事迹所带来的巨大辐射引领作用，短短一个月近万名职工捐款157万元，在王娅生前助学的甘肃陇东将要帮助150名高中学生完成学业，这是组织的磅礴力量，榜样的强大作用。为此，全社会都应当感谢国家电网天津市电力公司党政组织所做出的艰辛努力。

▲国家一级作家周洪成在天津采访王娅生前好友陈海兰女士

第二次特别强烈的震撼是在采访中挖掘到王娅身上放射出的人性光辉。王娅作为一个普普通通的人，赤诚奉献的善举给我无与伦比的震撼，她的生命之歌如此这般高亢美丽，只因她是普通职工，才有更强的示范带动作用，她的事迹全社会人人都能学，人人都能做得来。她的大德璀璨夺目，每年坚持献血，捐出个人的所有财产助学，包括名下唯一的房产和自己的遗体，她是2019年第一位“裸捐”者，她用“大德”创出多个第一。习近平总书记在跟北大师生座谈时指出，“核心价值观，其实就是一种德，既是个人的德，也是一种大德，就是国家的德、社会的德，国无德不兴，人无德不立”。王娅正是用她的“德”润泽后人、砥砺来者，纵使地域不同，纵使行业有别，当这种大德与无数个体的情感理念有机地融为一体时，便可奏响社会主义核心价值观的最美和弦、最强主旋律。

第三次特别强烈的震撼是兴华青少年助学基金会功德无量的善举。他们钱到、人到、心到，热闹的地方不去，锦上添花的事不做，只是全力做帮寒门学子雪中送炭的事，7个春秋累计资助4374名高中生，百分之八十以上升入大学，有191名在校大学生获得资助，累计发放助学金2000多万元，贫寒学子在兴华青少年助学基金会的助推下重新燃起人生希望，成长为祖国的栋梁之材。

第四次特别强烈的震撼是天津市委、国家电网主要领导对王娅宣传迅即做出重要批示，央视、人民日报等中央媒体及时跟踪报道，中国能源化学地质工会同中国工人出版社对王娅长篇报告文学高度重视、倾心扶持，中央、地方政府、企业多方努力施策，向全社会隆重立体重磅推出王娅这一新时代的重大典型人物，让王娅爱心之光永远闪耀在天地之间。

“捐资助学，一生了无遗憾！最后的死去和最初的诞生一样，都是人生必然；最后的晚霞和最初的晨曦一样，都是光照人间。”这是王娅生前最喜爱的一句话。

为了把王娅同志的报告文学作品写得真实生动，我天天都在奔波，深度挖掘有关王娅同志的一系列感人至深的素材，每天都会处于一种极度震撼、深切感动的状态，以至于我在采访与写作过程中经常被她的事迹打动的热泪夺眶而出，直到泪流满面。作为一个普普通通的人，在她的生命最后时刻，与死神赛跑的她跑进了14亿国人的心里。她像一支冲天而起熊熊燃烧的圣火，为温暖光明而来到人间，彻底燃尽自己，她身后留给世人的不是冰冷的背影，而是圣火一样滚烫的大爱在人世间恒久不息的延续与传递。一位受到王娅同志生前资助的寒门学子，在得知王娅不幸因病去世的消息后，悲痛欲绝。那天甘肃灵台突然下起了大雪，仿佛天人同悲，这名学生迎着大雪顶着狂风飞奔到学校门口一座大山的制高点，朝着王娅遗体所在的东方接连磕了三个响头，在雪地上长跪不起，冲着大雪纷飞的天空发出痛彻心扉的悲怆哭喊：“王娅奶奶，祝您一路走好！王娅奶奶……”学子的哭喊震天动地，在幽长峡谷里回响，那来自大山的一阵阵回响，在绵延起伏的群山之中久久震荡，那是怎样一种惊天地、泣鬼神的人间真情大爱啊！

祈祝王娅大爱至善的精神火炬永放光芒！

二〇一九年四月五日上午九时九分于北京北沙滩

图书在版编目（CIP）数据

生如夏花 / 周洪成著. —北京：中国工人出版社，2019.5
ISBN 978-7-5008-7174-3
Ⅰ.①生…　Ⅱ.①周…　Ⅲ.①报告文学—中国—当代　Ⅳ.①I25
中国版本图书馆CIP数据核字（2019）第085348号

生如夏花

出　版　人　王娇萍
责任编辑　安　静　时秀晶
责任印制　栾征宇
出版发行　中国工人出版社
地　　址　北京市东城区鼓楼外大街45号　邮编：100120
网　　址　http://www.wp-china.com
电　　话　（010）62005043（总编室）
　　　　　（010）62005039（印制管理中心）
　　　　　（010）62382916（职工教育分社）
发行热线　（010）62005996　（010）62005042（传真）
经　　销　各地书店
印　　刷　北京美图印务有限公司
开　　本　710毫米×1000毫米　1/16
印　　张　11
字　　数　150千字
版　　次　2019年7月第1版　2019年7月第2次印刷
定　　价　58.00元